赤村崎葵子の分析はデタラメ
十階堂一系
イラスト●霜月えいと

分析1 ラブレターを分析する
こいつはなかなか興味深い分析対象だ。ヴィルヘルムがそう囁いている。
すごすごすごすごーーい！
赤村崎葵子《あかむらさきあおいこ》
本名：赤村崎葵子／自称：テル／もうひとつの名前：ヴィルヘルム。初登場時から3つも名前を持つとはややこしいにもほどがある。分析部（将棋部）部長であり、あらゆる事象を分析して正体不明の結論を導き、周囲を混乱のどん底へと誘う。
加茂十美乃《かもとみの》
どこまでも純真で笑えるくらい影響されやすい女の子。本当に何でもかんでも信じちゃうのでご家族の心労は察するにあまりある。東に運動好きの親友があれば影響されてスポーツ少女になり、西に占い好きの友人があれば占いマニアになり、南に（以下略）。

加《か》茂《も》十《と》希《き》男《お》

分析部(将棋部)部員。いつでものほほんとした顔をしている分析部の良心にしてツッコミ役、兼、たぶん主人公。気が優しいのをいいことに、毎度みるみるうちにややこしい状況へと巻き込まれては壊れる。トキオ、表情が崩れてるって。

分析2 ドネーションを分析する

分析3 ディテクティブを分析する
私は分析部部長、二年の
赤村崎葵子だ。あだ名はテル、
そっちで呼んでくれてかまわ
ないよ。加茂十美乃に頼まれて
この騒動をおさめに来た。
では改めて聞こう、諸君。
私に何か言うべきことはあるか。
データさえ寄越せば、私が
正解をはじき出してみせよう。

ちょっと待ったあーっ!!
東《とう》道《どう》巡《めぐる》
すくすく育ちすぎてしまった系天然優良健康巨大女子。持ち前の明るさと身長では他の追随を許さず、そのぶん知力は若干低め。屈託がない、という言葉を体現するような彼女は、その抜群の行動力をもってテルの前に登場するが……。

「トキオくん。あなたは私に、何か聞きたいことがあるでしょう?」
大《おお》戸《と》三《み》雫《しずく》
いかにも幸の薄そうな雰囲気をまとう文芸部員。はかなげな印象とはうらはらに身体の一部がやたらとボリューミー。おっとりしたその口調に似合わず、卓越した推理を披露するときには強い意志をその瞳に宿らせる。
分析4 ヴィルヘルムを分析する

「これが私の分析。どう？
カモトキくん、どこか間違いでもあったかな」
何も言うことができなかった。
ただテルの顔を見つめて、テルに瞳を覗き込まれて。そして俺はいったい
どんな顔をしているんだろう。
行動を起こすことはできないのは二人とも同じだ。俺はテルに対して何も
できないし、テルだって俺に対して何もできない。
変わらないものなんて何もないし、裏がない絵なんてどこにもない。
それを知ってしまったから、だからテルはいま俺に問いかけている。
水面と水面下で見えてくるものが違ったとしても、変わらず大切に
想うことができるのかってことを。
それでも、俺は——。

赤村崎葵子の分析はデタラメ

デザイン●木村デザイン・ラボ

赤村崎葵子の分析はデタラメ

十階堂一系

イラスト●霜月えいと

やぁやぁみなさん、赤村崎葵子の分析はデタラメのヒロイン役、みんな大好き赤村崎葵子ちゃんだよ！　さて、いきなりだけど余談に入ろうか！　ちょっとした裏話なんだけど、作者がはじめに用意した本書のタイトルは『ヴィルヘルムは分析する』というものだったんだ。しかしなぜかそちらの方は没になり、『赤村崎葵子の分析はデタラメ』という現在のタイトルに至ったのだけど……名指しでデタラメ!?　赤村崎葵子の分析はカンペキ、こうだろ!?　こいつは許せん、このタイトルではまったく赤村崎葵子の名に傷がつく！　タイトルの意味を明らかにしてやらなければなるまい。あいつの分析はデタラメだーなんて言わせはしない、見せてやろうじゃないか、私の実力を！　分析はデタラメでもまぁ見た目が可愛ければ許されるだろうけど！　そもそも『赤村崎葵子の分析はデタラメ』以外にはなかったのか、なんでこれになったんだ？　分析をする小説なのに「分析はデタラメ」とか言っちゃって、逆効果にならないのか？　面白いね、これは良い分析対象だ。十階堂一系からの挑戦状というわけだね。やってやる、ヴィルヘルムが囁いている。さぁ分析開始だ！

さてさて、まずは作者の十階堂一系が考慮したであろう条件を考えてみよう。名は体を表すというが、体を表すことだけが名前の役割ではない。それだけなら、イラスト●霜月えいとによろしくってことになるし。では、タイトルに必要な条件とは？　まず一つ、小説という媒体は他のメディア娯楽――マンガ、映画、ドラマ等――に比べて内容の即時理解がすこぶる難しい。マンガならパラパラ読めばだいたいの雰囲気がわかるが小説をパラパラ読んだら何一つとして頭に入ってこないだろう？　容易には内容を把握してもらえない。しかし、内容を説明できなければ購買意欲をあおることができない。ゆえにタイトルと表紙だけで最大限に本の内容を説明しなければならない。この『説明』というのが一つ目の役割だね！　では、説明とやらはいかにして満たされるのか？　これは簡単だ、作品の象徴となるキーワードを埋め込んでやればいい。他作品と差別化のできる言葉が一つ入ればそれだけでタイトルとして高い識別力を得る。本書で言う『分析』だね。あとは表紙に書かれた霜月えいとさんのイラストを見てくれれば、私という可愛い女の子が分析をする話だと一目でわかるようにできている。『説明』という観点から言えばこのタイトル・この表紙には文句のつけようがない！　だけどこれだけでは、なぜ『ヴィルヘルムは分析する』という原題が没になったのかがわからない。もう少し分析を深めてみよう。

本書は私が様々な事象を分析しつつ事態の真相を探る、という形式で書かれているけれど、これはいわゆる推理小説のフォーマットに近いんだよね。そこへもってきて『ヴィルヘルムは分析する』というタイトルは実にお堅い印象を振りまいている。カチッと組まれた完璧なロジックやアッと驚く斬新なトリック……そういったものを読者に期待させてしまう可能性がある。そう、この『期待』ってヤツが二つ目のキーワードではないかな？　本書がその期待に応えられるかというとこれがかなり疑わしい。何しろコンセプトが『適当な言い分で相手を言いくるめる』だから、完璧なロジックが組まれているとむしろ困るんだね！　私が分析するときはほとんど、ここを攻められると主張が崩れるという部分を残さなければならない、という制約が課せられているのだ！　ゆえに、タイトルとして読者を裏切らないためには多少「こいつ大丈夫かよ」と思わせる脱力っぷりと、すべてがデタラメで崩壊していると思われないための制限、すなわち『デタラメなのは基本的に赤村崎葵子の分析くらいだぜ』という枠を作り上げる必要があったんだね！　それらを兼ね備えた唯一にして美麗なタイトルが、『赤村崎葵子の分析はデタラメ』だったというわけだ！　分析終了！　ってなんじゃそりゃー!!　デタラメであることを前提に分析を進めるアホがどこにおるんじゃー!!　なんで私だけがこんな目に遭わなければならないんだ！　こういういじられ役は主人公たるカモトキくんがやるべきなのにィ……！　ちなみに、作品の中で私はたいてい『テル』というニックネームで呼ばれているよ！　『赤村崎葵子』というフルネームは本編において五回しか使われていない！　それどころか、私のことを『赤村崎』または『葵子』と呼んでくれる人もひとりしか登場しない！　あれ？　ということは、このタイトルは私のことをまったく説明できていないような……？　あれあれ？　ということは、読者の期待を裏切っているような？　…………………。『赤村崎葵子の分析はデタラメ』！　つまりは、こういう物語なんだね！　よろしくゥ！

分析1
ラブレターを分析する

恋文
【こいーぶみ／love letter】

愛を告白するための手紙、ラブレター。古くは懸想文とも。

余談だが、ラブレターがロマンチックな文章で書かれていたら気をつけるべきだ。恋文は理想の恋愛を示すものであるから、相手はロマンチストで、恋に酔っているだけの可能性が高い。

人の痛みに敏感になりなさい。

相手の気持ちになって考えなさい。

昔から父さんと母さんは俺にそう言い続けて育ててくれたけど、俺、たぶん、そういう人間になれたと思う。おかげでいまではスプラッタな映画は見られないし、人が傷ついているところを見るとつい顔をしかめちゃうし、たとえいきなり殴られたとしても相手が痛がるだろうなってことを考えると殴り返すことができないし。

高校生にもなってそれではあまりに腰ぬけと思われるかもしれないけれど、人の痛みに敏感になった結果がこれなんだから仕方ない。

だから、いま下駄箱で見つけたこの手紙に対しても俺はどうすべきなのかがわからない。

ちらっと中身を見たけど、たぶんこれってラブレターだよな……？　「好き」とか「お話ししたい」とか書いてあるし。

マジかよ、ラブレターだよ、こんなのもらったのはじめてだよ！　嬉《うれ》しすぎる、今日という日を記念にメモしておこう！　な一んてわずかに体温が上がり頬《ほお》が緩《ゆる》んだのも束《つか》の間、よく考えたらラブレターをもらったはいいけどこれからどうしたらいいんだ。

断ったり無視したりしたら、相手はひどく傷つくだろうなぁ……。好意は素直に嬉しいけれど、あいにく、誰《だれ》でもいいから彼女が欲しいってスタンスでもないんだよなァ。

というか、そもそもこれ誰が送ってきたんだ？

他学年のところはどうなっているか知らないけれど、うちの高校じゃ二年生の下駄箱はネームプレートがついておらず学籍《がくせき》番号が書いてあるだけだ。よって、俺の名前だけを知ってても、手紙を入れることは不可能。つまり、この手紙を送ってくれたのはたぶん同学年で、たぶん俺のことをある程度知ってるヤツ。まぁ、読み取れるのはそれくらいかな。

文面をささっと読んでみる。

便箋《びんせん》二枚にぎっしりと意味深な愛のメッセージが詰まっている。総括して一言でいうなら、どうやら放課後、屋上に来てくれということらしい。その程度の情報量しかないなら一枚でコンパクトにまとめてほしかったな。ロマンより実益を優先してくれた方が、個人的には嬉しかった。

強い愛情はそこかしこから感じるが、どうにも文面は具体的な内容に欠ける。これ、本当にラブレターなのかな。便箋が入れられてあったのは味気ない封筒だし、送り主の名前すら書いてない。加茂十希男《かもときお》さまへ、だれだれより、とかそういう一文があってもよかったと思う。しかも便箋《びんせん》も封筒もヘンに折れ曲がってるな……。

うーん……なんだかうさんくさくないか？

こいつはどうしたものかと戸惑っているうちに、いつの間にか後ろから——

「わっ」

「うわはァ!?」

びびびびっくりしたぁなんだなんだなんなんだ。

情けなくも声を上げて振り向いたところ、後ろにいたのはひとつ年下の妹、加茂十美乃《かもとみの》だった。

「ごめん、驚《おどろ》かすつもりはなかったんだけど」

「嘘《うそ》つけ！　驚かす以外の目的で『わっ』なんて言う奴はいねーよ！」

トミノは。

中学まで陸上部で短距離走《たんきょりそう》をやっていた名残か、短くスポーティな髪は俺より短い。

中学まで陸上部で短距離走をやっていた名残か、細身だが非力すぎるほどでもない。

中学まで陸上部で短距離走をやっていた名残か、ハキハキとしたしゃべり方をする。

……いや、別に中学陸上部の短距離競技に強い偏見を持つわけではないが、うちの妹は笑えるくらい影響《えいきょう》されやすい子なので人格形成には必ず影響を与えた何かが背景にあり、こう説明せざるを得ないのだから仕方ない。

「トキオは放課後だっていうのにのほほんとした顔してるね」

「いつでもこういう顔してるんだよ」

兄の俺が加茂十希男《ときお》。妹が加茂十美乃。

顔のつくりは似通っているが、兄妹が並んでも似ていると言われることはあまりない。それが性別の差であり俺の顔が男らしい顔つきだということなら喜ばしいことこの上ないが実際のところはまったく違う。

本当のところ、違いはたったのひとつだけ。

それはデフォルトの表情。

いつでものほほんとしているのが兄。どこでもきりっとしているのが妹。

「で、トミノ、どうした？　いま帰るところか？」

「うん」

確かトミノは部活にも委員会にも所属していなかったはずだ。俺は部活に所属しているけど、積極的に参加していないので今日は欠席する心づもりであります。

「だからトキオ、一緒に帰ろう」

「は？」

「帰るんでしょ。一緒に帰ろう」

うむ、なんだそりゃ。

記憶《きおく》にある限り、妹と一緒に下校するなんてのは小学生以来だ。

俺とトミノは喧嘩《けんか》の多い間柄ではない。仲が悪いわけでもない。だけど、一緒に行動するほど仲睦《むつ》まじいわけでもない。それなのにこうも唐突に、一緒に帰ろうとはいったいどういうわけだろう。

こいつはアヤシイ。陰謀《いんぼう》の香りがする。

「どうしたんだ、今日は。何か用事でもあるのか」

用事というか、頼《たの》みごとがあるんだろうなぁと予測を立てていたところ、トミノは首を横に振った。ねだるような甘い仕草でずずいと距離《きょり》を近づけて、そして上目づかいに兄を見上げて、ごく自然にこう言った。

「ううん。久しぶりに兄に甘えようかと思ったんだ」

「そうかよしよし甘やかしてやるぞ——ってなんだその甘ったるいセリフは⁉」

その可愛《かわい》いセリフはいったいなんだ⁉

お前クラスでいじめられてるんじゃね⁉

兄しか頼《たよ》る相手がいないんじゃね⁉

鞄《かばん》を両手で持ち、きりっとした顔のままトミノは俺の返事を待っている。自分の言動が人の気を引くことを理解していない人間の反応だ。外面に反した無防備な内面がにじみ出ているかのよう。

「な、なんなんだいきなり。今日のお前はちょっとキモイぞ」

「でも友達がそう言ってたもん。占いの結果、今日は身内に甘えると運が向いてくるって」

「ああ、そう………」

なんだ、そういうことか……それなら納得だ。

なんでも信じる純真な妹の汚れなき魂に敬礼。

トミノは優秀な人間だが、生来のこの欠点だけはいただけない。俺の妹は、疑うということを知らない。占いとか、風水とか、その手のものはなんでも信じ込んでしまう。お前そのうち詐欺にあっても知らないからな。

なんでもかんでも簡単に信じ込んでしまう癖《くせ》が直らないから、嘘《うそ》をつかれないように「怒らせたら怖い人」を演じているらしい。その結果がこのきりっとした表情、ということなのだろう。言うほど怖そうには見えないけど。

さて、占いの結果兄に甘えることを決めたはいいが、申し訳ないことに、できれば今日はちょっと勘弁してほしい。妹と帰宅するよりもっと重要視しないとあとあと困りそうなイベントが靴箱に入っていたのだからしょうがない。

「あー、俺の方は用事があるんだ。ごめんな、明日登校するときは一緒に行こうか」

「別に朝は私電車だし。ひとりで行くからいい」

はっきり断られた。なんでやねん。なんで今日の放課後限定の甘えん坊なんだよ。

つーか敬愛すべきお兄様の誘いを断るんじゃねぇよ。

ちなみに俺は自転車通学。なぜか妹は電車通学。差がある理由はナイショだぞ。

「どこ行くの？」

「屋上に呼び出された」

「なんで？」

よくぞ聞いてくれた。

兄の威厳を顔中に貼り付けつつ、封筒に戻した手紙を見せつけてやった。どうだ、お前の兄は下駄箱にラブレターをほうり込まれるほどの傑物ぞ。尊敬してよいぞ。

「心配だなぁ。トキオは喧嘩《けんか》苦手でしょ」

「果たし状じゃない」

「てっきり」

「こいつぅ」

きりっとした顔の妹がボケてのほほんとした顔の兄がツッコんでも、まったく笑いが発生しない。なんだこれ。冷たい空気が流れている気さえする。

「仕方ない。じゃあ先にトキオの用事を済ませに行こう」

そう言ってトミノは、なぜか俺の右腕にぎゅっと抱きついてきた。クッションを抱くような遠慮《えんりょ》のない力強さで、かすかに制汗剤のような香りを漂わせながら。女子の柔らかな体に腕をつかまれるというのは悪くないものであるが、その女子が肉親とあれば特に嬉《うれ》しいわけでもない。何してんだこいつ。

「……なんだ？」

「え？　屋上でしょ？　早く行こう」

「なぜ俺の腕をつかむんだ？」

「そうしなきゃ甘えたことにならないでしょ。運気が上がらないじゃない」

いや、そのロジックはどこかおかしい。

「トミノ、お前は俺にとって世界で唯一にしてかけがえのない大切な可愛《かわい》い妹ですよ、だけどな、だけどな、腕を組んで歩くのはキモイわ」

「えええーっ⁉　こんなの普通だってみんな言ってたよ！」

すでに騙《だま》されているのか。お前の将来を思うと俺は涙が止まらないよ。これからもどうかきりっとした表情を作り「怒らせたら怖い人」路線を突き進んでほしい。

「なに、トキオは私に甘えられて嬉しくないの」

別に嬉しくはない。でもそう言ったら怒らせてしまうかもしれない。すねると長引くことはよく知っているので、とりあえずトミノの好きにさせてやることにした。

屋上に向かって歩き出すと、自分でもびっくりするくらい違和感があった。

妹と腕を組んで校内をお散歩。これ何の罰ゲームだよ。

俺はいまからラブレターに書かれた場所に行く予定なのに。なんだか恋の予感が微塵《みじん》もしねーよ。手紙の送り主がこんな状況を見て「あ、彼女いたんですか」みたいに思ったらどうしてくれるんだよ。告白の呼び出しに彼女を連れていく男とか残虐《ざんぎゃく》にもほどがあるぞ。

あ、ダメだ、変な汗かいてきた。

人の視線が気になって気になって仕方ない。あかんわこれ、いたたまれない、早く屋上に逃げさせてくれ。

トミノはトミノで兄の焦燥《しょうそう》など知らず、ぴったり体を寄せながら不器用に隣《となり》を歩いている。こいつ、彼氏と腕を組んで歩いたことないんだな、この様子だと。

こうして連れ立っていると幸運は引き寄せられても、恋愛運は遠ざかっていくと思うぞ。

「トキオ、なんだか嬉しそうじゃないね」

「ん？」

妹に腕を組まれにやにやするお兄ちゃんであってほしかったのか。

「これから告白されに行くんでしょ。にしては怖い顔してる。もう少しわくわくしてもいいと思うけどなぁ」

「ああ……んー、まあなぁ。でも、断るつもりだし」

「そうなの？　彼女いないくせに？」

「い、いいだろ別に。それともなんだ、彼女のいないすべての男子高校生は告白されたら必ずオーケイすると思ってんのか」

「ちっ、違うの？」

それも騙《だま》された結果なの⁉

「違うよ。どう断ろうか悩んでるくらいだ」

「どうって？　普通にごめんって言えば？」

「それじゃ傷つけちゃうかもしれないだろ」

「ん？　そんなこと気にする？」

「気にしちゃうんだよ、人の痛みに敏感だからな、十希男《ときお》兄ちゃんは」

「へー。のほほんとした顔でよく言うよね」

あれ。さっき怖い顔してるって言ってなかったっけ？

こいつ言ってること適当だな。

トミノにつかまれながらとりあえず四階まで上がり、あとは一年の教室が並ぶこの廊下を突っ切ればすぐなのだが、ここがなかなかに難所であった。

授業を終えた一年生たちの中にはトミノを知る人間も多数いるわけで、どうにも視線が一気に集中し出した気がする。

「トキオ、ここ私の教室。Ｃ組」

「そ、そうか。じゃあさっさと通りすぎようか」

めちゃくちゃ見られてんじゃねーか！

微笑《ほほえ》ましいものを見たように笑う男子もいれば、信じられないものを見たように顔を引きつらせる女子もいる。隣《となり》のあの子も向こうのあいつも、明らかにトミノと俺を見てひそひそ話をしているじゃないか……！　何が起こったのかと廊下に身を乗り出して俺たちを観察しようとする変なヤツまでいる。

こいつらの中の誰《だれ》かがトミノを騙してこの事態を引き起こしやがったわけだな。どいつだ、占いが書かれていそうな雑誌を持っているヤツはいないか、なまはげに代わり俺が成敗してくれるわ！

そんなこんなで。

辿《たど》り着いたは屋上階。ドアを開ければほらすぐに、空と少女が見えるはず。この向こうに恋する乙女が待っているわけだな。しかもなんと俺に恋する乙女が。

なんだかテンション上がってきたな！　屋上に呼び出されて告白って、人生で一度は経験しておきたいビッグイベントだと思うんだ！

だがしかし、そんな甘酸っぱい経験をこれからしようというのにどうにも踏《ふ》ん切りがつかない。なんてったって、断ろうとは決めているわけだからなぁ。断らなきゃならないのが辛《つら》い……いや、断ることで傷つけてしまうのは辛いが、無視するのもそれはそれで相手を傷つけることになってしまう。

「あーどうやって断ろうかな。トミノ、お前告白されて断ったこととかないの」

「私はそういうとき、申し訳ないけど見なかったことにしちゃうから。面と向かって断らないよ、普通は」

「普通は？」

「ん……うん、普通は」

「ふーん」

もしかしてこいつ、何度か告白された経験があるのかな。それに、ラブレターをもらったことありますって言い方だよな、いまの感じは。

兄と違って妹は恋愛に関して強者なのか？　顔のつくりは似ているのに、二人の違いは性別と表情だけのはずなのに。どういうことだこれは。

「ま、告白への対処なんて人それぞれでしょ！　トキオも早くいっちゃいなよ！」

「まだ心の準備が」

「大丈夫だよ。案ずるより無我の境地って言うしさ」

「そうだな、行くか………え？」

言うっけ？　案ずるより産むが易《やす》しじゃなかったっけ？

こいつ言ってること適当だな……。

＊＊＊

屋上には強い風が吹いていた。

快晴といってよい青空の下、春の暖かな風が異様な速度で流れていた。鉄柵に囲まれた広々とした空間を見回すと、そこには。

「……………まだ来てないみたいだな！」

「トキオ」

「下駄箱でラブレターを見つけてからノータイムで直行したのが悪かったみたいだな！」

「トキオ」

妹が優しく俺の手を引いた。ガラス細工の小物を扱うような、繊細《せんさい》な動作だった。トミノの顔を見ると、兄妹として過ごした十数年のうちで最も慈愛に満ちた表情をしていた。

「からかわれたんだよ」

純真な目で状況を見極める妹の優しい声が風の中に流れていった。

どうやって断ろうかなーなんて上から目線で甘っちょろくやってきてみたらこんな残酷な状況に突き落とされるとは。人生の谷は山より広い。上り坂を見つけて浮かれているとすぐに痛い目を見る……。

いや、認めん。俺は認めんぞ。

「いや、どこかに隠れているのかもしれない。探すぞ、妹」

「悲しい現実に立ち向かう姿勢に感動した。手伝おう、兄」

口では感動したとか言いつつ、さっきまで新婚夫婦みたいにべったりだったトミノがすーっと離《はな》れていった。なんだこれ。

「俺が南側を探す」

「では私が左側を」

この位置から見て左が南である。俺は何も言わずに北側へ歩を進めた。

ところが探す場所なんてありやしない。屋上の敷地《しきち》の九割以上は一望できるのだからそれも当然、こんな場所のどこに希望が隠れているというのか。

健気《けなげ》にして純真な妹は表情も変えないまましきりに首を動かして南側を確認する。笑い飛ばしてくれた方が良かったとはいまさら言えない。

いるわけないのはわかっているけど、妹に助力を申しつけた手前なにもせず諦《あきら》めるのもどうかと思い、一応探している振りをする。屋上入口のドアからわずか死角になっている給水タンクの向こう側に回り込んでみた。

「うっ………………いた」

予定とちょっと違う人がいた。できればいてほしくない人がいた。

そこにいたのは、時代遅れの使い捨てカメラを構えたまま硬直している変な女子生徒。長すぎる髪、白すぎる肌、そして謎《なぞ》すぎる行動。人外じみた髪の長さはともかく、まったくもって遺憾《いかん》なことではあるが、どうにもその顔には見覚えがありすぎる。

女子は顔の前からカメラをどかすことなくぐるりとこちらを向いて、そのままぱしゃりと写真を撮《と》った。

「何してるんだ、テル」

「激写。見出しはこう、『カモトキくんが屋上に女を連れ込む』……」

また意味のわからないことを。恵まれた顔立ちをすべて台無しにするその珍妙な行動はもはや日常茶飯事で、今日もまた屋上で何かしらアホなことをたくらんでいたのだろう。長すぎる髪はもちろんカツラで、何かしらの意図があるんだろうな。

そして屋上にやってきたのが俺だと気づいたはいいが、隣《となり》に見知らぬ女がいたから話しかけられずについ隠れちゃったのか。可愛《かわい》いヤツだな、お前は。ちなみに俺の名前は加茂十希男《かもときお》。中途半端な略称はやめていただきたい。

「あれは妹のトミノだ」

「なぁんだ！　やっぱり妹か！　一つ下の学年にいるって言ってたもんなぁ！」

妹と判明した途端にテンションを上げられても困る。

印象的な流し目で、テルはからかうような視線を送ってくる。

小さな口は、イタズラ好きを象徴するかのように歪《ゆが》んでいる。

黙《だま》っていれば美人なのに、黙っていないから憎たらしい。

「カモトキくんが私以外の女子と二人っきりで逢引《あいびき》なんて高校生活で一度あるかないかだと思って必死にレンズをにらんでいたのに！　ごめん！　許して！」

「許そう」

ほとばしるほど許したくないけど、これ以上話が長引くのもそれはそれで嫌だ。

「で、屋上で何やってたんだ？」

「馬鹿と煙と天才は、高いところに昇りたがるものだよカモトキくん」

「自分の都合に合わせて格言を改変するのはやめなさい」

「真面目な話、分析調査だよ。私がどこで部活動をしようが勝手だろ」

「勝手だけどさ……その床にまで届くもっさもっさした髪は？」

普段のテルの後ろ髪はどうにかうなじを隠せるかどうか、という長さでしかない。それなのにいまはどう好意的に表現しても妖怪じみているとしか言いようのない長さをしている。四十年間一度も切ったことがありません、みたいな。まだ十六歳なのに、みたいな。

「これ？　カツラ」

「なんでそんなもんを」

「もちろん、分析結果の検証をするためだ」

いったいどんな分析をすればそんなカツラを用意する必要性が生まれるんだよ。馬鹿馬鹿しくてそれ以上のことを聞く気になれない。俺が呆《あき》れてうなだれていると、南側から妹が寄ってきた。

「どうしたの、トキオ。鳥でもいたの」

俺は鳥に話しかけるような人間だと思われているのか⁉　尊敬する兄に告白しようとする女子がいるとはかけらも考えていないのが浮き彫りになったな、妹よ。

「独り言とはいくらなんでも――うわぁ！　お化けだ！」

兄の後を追いトミノが発見したのは長い黒髪を振り回した恐ろしく肌の白い学生服姿の女であった。その異様な出で立ちから死人の雰囲気を感じた我が妹は驚愕《きょうがく》するあまり腰を抜かして尻もちをついた。

「お、お、お兄ちゃん！　逃げて！　そいつはきっと悪霊《あくりょう》だ！」

トミノは目を見開き唇を震《ふる》わせ、テルを指し示しては涙目でわなないている。なるほど言われてみると悪霊の類《たぐい》にしか見えないこの奇怪な女、実はお前の兄の親しい友人である。

幽霊や妖怪の存在を心から信じている妹よ、お前の美しい心にはこの女がたたりをもたらす悪鬼に見えてしまうのも不可避《ふかひ》なることであろう。だってこいつ頭おかしいもんな、ごめん、こんなんでも兄ちゃんの一番の女友達なんだわ。

「うわぁ！　こっちを見た！　エクソシストを呼んで！」

金切り声を上げて可愛《かわい》い妹が発狂している。

でも、いくらテルでも自分を見て悪霊だと騒《さわ》ぐ失礼な子がいれば普通そっちを見るよ。

「落ち着けトミノ。うちは神道だろう、エクソシストじゃなくて神主さんに——痛ぇ！」

兄として適切な行動をとったはずがなぜか悪霊に尻を蹴《け》り飛ばされた。友人としては不適切であったのが原因であろうがそんなのは知ったことじゃない。

「カモトキくん。他に言うべきことがあるだろ」

「ごめん。ふざけすぎた……」

「まずは私の死因を説明しろ」

「悪霊の設定で押し通すの⁉」

どう考えても無理があるだろ！　ボケをかぶせんじゃねーよ！

——ハッ。

危ない、恥ずかしながら一瞬《いっしゅん》冷静さを欠くところだった。怒らない、怒らない、人の痛みに敏感で相手の気持ちを考える加茂十希男《かもときお》を失ってはならない。

深呼吸をして平静を取り戻そうとする俺の隣《となり》で、テルはカツラを外して代わりにいつものニット帽をかぶり直していた。矢に貫かれたリンゴのマークがやたらと目立つ、テルのお気に入りの帽子。正直言うと似合ってないぞ、それ。

「いやぁ、驚《おどろ》かせて悪かったね、トミノちゃん。私は生きている人間だよ、こう見えて」

「死体に見える自覚があったのかよ……」

「長い黒髪と白い肌の組み合わせが最も人に好かれやすい外見的シンボルだと分析したんだけど……どうやら分析を間違えていたみたいだ」

「どう見ても実践の仕方が間違ってるだろ！」

スカートまで届く長い髪と白骨みたいな肌をしてたら誰《だれ》が見たって不審《ふしん》に思うわ。

テルの意味不明なセリフに逐一ツッコミを入れていたらついに睨《にら》まれた。

「何か不満があるのかカモトキくん。出るとこに出てもいいんだぞ」

「まず正しい名前で呼んでもらえないことに不満がある」

「このカツラはけっこう値が張ったんだが」

そらそうだ。その量なら値も張るわ。それどころか地面に根を張りそう。

「カツラにしたって長すぎるよ。妖怪にしか見えないぜ」

「そうかな？」

「それにその肌。いくらなんでも白すぎだ。どんな化粧を施したんだ、まったく生気を感じないぞ」

「これは地肌だよバカヤロー」

太ももを蹴られた。悪霊《あくりょう》らしからぬ質量を持った重い蹴《け》りだった。

「さて、いじわるなお兄さんは放っておいて、トミノちゃん、はじめましてだね。私は二年の赤村崎《あかむらさき》葵子《あおいこ》。よろしくどーぞ末永く」

「え？　テルっていうのは……？」

「ニックネームだね！　由来は不明」

「え？」

「ん？」

　お前がわかってねーのかよ!?　一年生のとき、「テルと呼んでほしい」ってクラスで自己紹介したのはお前だろ!?

「君のお兄さんの所属する分析部の部長だよ。君もよかったらぜひ」

「ぶんせきぶ？」

「そう。逆から読んでも分析部」

　逆から読んでも……ぶきせ……

「全然ちげーじゃねーか！」

「とにかくいろんなことを分析して楽しむ部活さ。普段は図書室の隣《となり》にある第二会議室で将棋を指している」

　トミノが目を丸くする。正常な反応のできる子で良かった。

「え。じゃあ将棋部なんじゃないですか？」

「まぁ、公式には将棋部と呼ばれているね」

「え。じゃあ分析部というのは？」

「私たちの心の繋《つな》がりを示す言葉――と受け取ってくれても構わないね。ねぇカモトキくん」

「違うと思う」

恥ずかしながら俺も分析部所属である。正式には将棋部所属だが、俺は生まれてこのかた将棋の駒《こま》にも触ったことがない。

「仮の姿に身を隠しながらも崇高な目的のために私たちは日々戦っているんだよ、妹ちゃん」

「堂々と顧問《こもん》の教師と生徒会を騙《だま》しながら部として公認を受けて怪しい活動を行ってるんだよ」

テルが笑顔で俺の隣《となり》にすり寄ってきた。

そして妹の目から隠れて俺の背後に手を伸ばし、背中をつねってきた。

痛みで友人を支配しようとは不届きなやつだ。その程度で俺が屈するものか。

「それで……屋上で何を分析していたんですか？」

「良い質問だねトミノちゃん。良い質問ができるということは問題点を見抜く技術に長《た》けているということ、君のその才能は分析部にあってこそ開花するに違いないね」

「えっ、本当ですか！」

「というわけでどうだろう、部活に所属していないのならぜひ」

「質問を勧誘にすり替えるんじゃねーよ！」

俺の妹が純真な目で質問しているときは一切の誤解の交らぬよう真実だけを話してほしい。なんでも信じちゃうんだから。皮肉やジョークなんて通じないんだから。

「こほん。では多少真面目に答えよう」

「一切の不足なく真面目に答えろ！」

妹の目を見てにやりと笑うと、テルはポケットからスーパーボールをひとつ取り出した。ガキかお前は、なんでそんなもん持ってるんだ。

「球体なら何でも良かったんだが、手元にこれしかなくてね」

「なんで手元にスーパーボールがあったんですか」

「そのツッコミ……お兄さんそっくりだな……なぜかというと分析部では毎年文化祭でスーパーボールすくいをするからだね！」

「金魚すくいじゃないんですか？」

「分析の結果、金魚は次の年に持ち越せないからコストがかかると気づいたんだね！」

「生々しいですね」

テルは屋上の北端あたりに移動すると、腰をかがめボールを床に置いた。テルのスカートは少々短すぎるので、そういう体勢をすると非常にきわどいアングルが後方の人間の目に映る。見える、おお、見えるぞ……何がとは言わないけれど、男子高校生が喜びそうな何かが見えそうになってるぞ。目を逸《そ》らしてやるのが優しさだろうとわかってはいるが、それができずに苦しむのもまた人生というものである。

テルが手を離《はな》す。するとボールはゆっくりと、だが確実に屋上の縁《ふち》に向かって転がり出した。

そして俺の目線もスカートの縁に向かって滑り出した。隠すつもりのなさそうなテルの太ももをじっくり堪能していたところだったのに、テルはまた姿勢を戻して、スカートも定位置に戻ってしまった。

「トミノちゃん。君ならこの現象をどう分析する?」

「ボールが屋上の端に向かって転がる……ということは、床が傾いている?」

「そうだ。ではなぜ屋上の床が傾いているのか? グラウンドを含め学校の敷地内《しきちない》はすべて水平に均《なら》されているはず。校舎だって水平に建てられている。床が傾いているのは自然なことではない」

「あれ……そうですよね。なんでだろう?」

まーたどうでもいいことを分析対象にしているのか。

テルはいつもこうだ。目の前で起こるどうでもいい事象に適当な理屈を込めて分析したがる。もっと社会に役立つ分析をすれば他人からの評価もまた違っただろうに、普段からこんなことばかりしているから変人の域を出ない。友達がいないわけでもなかろうが、たぶん俺より仲の良い相手はいないと思う。

「私ならこう考えるね。この校舎、または地盤《じばん》そのものが傾いているんだ。この傾斜が大きくなればいずれこの学校は物理的に学級崩壊《ほうかい》するであろう！」

「えええええええええええっ⁉　この学校がぁっ⁉　私今月入学したばっかりなのに⁉」

んなわけねーだろ………。

純真な俺の妹をだまくらかすんじゃねーよ………。

「これが分析部の活動だよ。どうだいトミノちゃん」

「すっ――すごい！　分析っぽい！　本格っぽい！」

妹は目を輝《かがや》かせ、いかにも何でも信じ込んでしまいそうな純朴な笑顔でテルに詰め寄った。

「すごいですテルさん！」

「ハハハハ、もっと褒《ほ》めていいぞ」

「すごすごすごすごーい！」

「もう少し言葉巧みに褒めてくれていいんだぞトミノちゃん、ハハハハ」

「生前は学者か何かだったんですか？」

「まだその設定生きてるの⁉　カモトキくん！　君の妹からみづらいな！」

騙《だま》されてる………！　うちの妹がテルのアホに騙されてる………！

恐ろしく気に入らない方向に話が進みつつある……！

「それでっ！　原因は何だったんですか⁉　地盤沈下⁉　それとも⁉」

「ん……そういうのはほら、地学研究者とか建築関係者の仕事だから」

「あ、そうなんですか」

調べるのがめんどくさいと他の専門家に仕事を押しつけるのはやめなさい。

「なんだねカモトキくん、その顔は。文句があるなら三秒以内にドーゾ。さーん。にーい」

「傾いてるのはさ、ここが屋上だから、雨水がたまらないようにしてるんじゃないの？」

「え？」

「だから、屋上の床を中心部から端に向かって傾斜をかけておくと自然と雨水が端に流れていくだろ。雨水が排水溝まで勝手に流れる。水たまりができなくなる。はじめからそういう造りになっている。それだけのことじゃないの」

「…………む」

にやにやしていたテルがにわかに真顔になる。自分の分析と俺の思いつき、どちらがより妥当か脳内で比較しているらしい。そしてすぐに答えを出したらしく、スーパーボールを拾い上げて俺に向かって投げつけた。拾い上げる際にスカートの端からなんか白いものが見えてしまった気がする。

「話を変えよう！　それで、カモトキくんとトミノちゃんはどうして仲良く屋上に来たのかな？」

こいつにラブレターうんぬんとか知られたくないな。トミノ、空気を読んで黙《だま》っていてくれぐ。

ないかな………

「兄がラブレターをもらったんです」

言うと思ったよ！

「ラブレター⁉　カモトキくんが⁉　アハハハハハハハハハハハマジで⁉」

「何がツボに入ったんだよ」

「いいねぇラブレター！　ラブレターという文化はプラトニックラブを促進する素晴らしい風習だと思うね！」

「思い切り笑い飛ばしたくせに」

「ラブレターを笑ったわけじゃないやい」

「俺を笑い飛ばしたことが確定したぞ！」

こいつめ、人の恋路を笑うとは何事か。俺が成敗してくれるわ。

笑われた腹いせにテルのニット帽を奪おうとしたら猛烈に抵抗された。身長差を活かして上から帽子をつかむも、テルが頭を振りつつ凶暴《きょうぼう》な手の動きでそれを阻止してくる。

「やめろっ！　帽子に触るなっ！」

「大人しくせい、再びカツラをかぶせちゃるぞこいつめ」

「嫌だっ！　誰《だれ》があんなものかぶるか！」

「お前、自発的にかぶってただろ⁉　こいつめっ！」

「ぬーっ！」

争いがみるみる幼稚になっていく。そして帽子が伸びちゃうとか伸びちゃわないとか言い合っているうちに、不思議そうな顔をしてトミノが話に加わってきた。

「テルさん。プラトニックラブを促進するって、どういう意味ですか？」

「あっ聞くな！」

疑問符は火種、論理は導火線。

そしてテルという名の爆弾《ばくだん》は、信じられないほどに着火しやすい危険物である。

海に沈めるのが最善だと思われるが、提唱したことはない。

「そうかそうか！　聞きたいか！　いいだろう、可愛《かわい》いトミノちゃんのために聞かせてあげよう、私の分析結果を！」

テルはピンと背筋を伸ばし、まるで教壇《きょうだん》に立つ教授のような態度で語り始める。

「ラブレターというのは他のコミュニケーションツールと比して大きな違いがある。私の分析によると大きな差異は二つだ。まず一つは、相手の反応を『待つ』というより『想像する』という面が強くなるということだ。対話、メール、電話。それらとラブレターの違いはどんなものがあると思う、トミノちゃん」

「え。返事のスピード……ですか？」

「優秀だな。兄とはえらい違いだ」

余計なお世話だ。兄の優秀さは他人の目にはわかりにくいのだ。きっとそうだ。

「手紙は相手の返事が遅い。そうなると何が変わるか？　対話と比較してみよう。君が好きな人と会話をするとき、発声する前に自分の言葉が相手にどう思われるかを深く考えるか？　一般的にはできないね。もちろん時間的限界があるからだ。ゆえにまず思ったことを発声し、そこから相手がどんな反応をするか待つという形になりやすい。逆に手紙だと、とりあえず送って反応を待つ、という大雑把なやり方はあまりスタンダードじゃないね。文章と向き合う時間が長いから、自分の言葉を推敲《すいこう》することができる。並行して、相手に与える印象を考える時間が長くなる。そいつはつまり、相手の気持ち、反応を想像する時間が長くなるってことだ。この性質は対話、メール、電話に比べて手紙はかなり顕著《けんちょ》だよ。次に」

なげーよ。説明が長い。

まだ一つめを説明しただけなのにこちらの精神的疲労がヤバい。

トミノもなんだか目がうつろになってきている。

のほほんともきりっともしていない兄妹になってしまった。

「二つ、文面に自らの心を反映させることで、自分の気持ちをきちんと形にして自覚することができるようになる。自分の想《おも》いを言葉にするということ、形にするということ。それは自分の心と向き合わなければできないことだろう。自分の中にある気持ちを整理し、形成し、覚悟をもって具現することでラブレターは出来上がる」

へぇ。そうか。

すげぇな。うん。

「これらの特徴を総合するに、ラブレターは相手との関係を形成する以上に自分の恋心を育成する役割を担ってくれるのではないか、というのが私の分析ってわけだ。ラブレターを中心に据えた恋は相手との実質的な関係よりも自分の中にある相手の存在の大きさを確認するという面が大きくなるのさ。ゆえに、そうした恋はプラトニックラブの性質が強くなると思われる。何をしたかではなく互いにどう思っているか、それが一番大事なんだね。古き良き、なんて言い回しはまったく好まないが、技術的に交信スピードの出ない時代はこういう性質に自然と触れていたんだね。だからトミノちゃん。告白してきた男に興味はあるけどどうにも相手は私の体にしか目がいっていない気がする！　とそう思ったらこう言いなさい。『ラブレターをください』とね。そうして相手の中に自分への確かな恋が芽生えるのを待ちなさい。ラブレターの効力は受け取り手よりもむしろ送り手、書き手の方に作用すると私なら考えるね」

「はぁ……」

トミノの目が完全に死んでいる。

怒らせたら怖い人という印象は跡形もなく消え去っている。

「つまり！　この手紙の存在が証明している！　この世のどこかに、カモトキくんを心底愛している人間がいるってことを！」

「なんでこの世レベルまで範囲《はんい》を広げたんだよ！」

この学校のどこか、で十分だろ！

なんでそこまで範囲を広げないと俺を愛してくれる人が見つからないと思ってんだよ！

「でもおかしいな。私は放課後になってからずっと屋上にいるが……君に告白するような物好きは見かけなかったぞ」

痛いところを鋭《するど》く突かれたがそんな様子は微塵《みじん》も表に出さない。

テルを調子に乗せるとどこまでつけあがられるかわからない。

「これから来るかもしれないな！」

「告白しようとしているのに遅刻なんてするか？　印象を悪くするだけなのに」

バッサリ。ロジカルに俺の恋愛事情を切り捨てるのはやめていただきたい。

「やめろ、もう触れるな、みなまで言うな……」

「ん？　んん？　つまり、まとめるとこういうことか？『妹連れで告白されに来てやったらラブレターの送り主にまさかのすっぽかしをくらった』と」

「要約しなくていい。理解を促さなくていい」

明瞭《めいりょう》になればなるほど俺の立場があわれになるからあやふやなまま時の彼方《かなた》に流されていってしまうくらいでいい。

「かわいそうに。ここは分析部の部長として、私が一肌脱ごうじゃないか。ねぇトミノちゃん」

「部活の存在をいちいち妹にアピールするのやめろよ！」

テルの強引な語り口に妹が若干引いている。元々口数の多い方ではないけれど、こうも閉口するのは珍しい。

「現れない告白者、ラブレターの差出人はいったい誰《だれ》なのか？　そもそもこれは本当にラブレターなのか？　君の兄は果たして女性に人気があるのか？」

「な、なんだよ。この手紙がいったいなんだっていうんだ？　ただの手紙……じゃないのか？」

「面白いね。こいつはなかなか興味深い分析対象だ。ヴィ、ヴィルヘルムがそう囁いている、」

自分の世界に入り込み熱っぽくなったテルに直接聞くのはためらわれたのか、妹が俺に耳打ちしてきた。

「トキオ。ヴィルヘルムって？」

「さぁな。もうひとりの自分——みたいなもんじゃねーの？」

もうひとりの自分、って表現はあながち間違いでもないと思う。

ヴィルヘルムはネットの世界にしか現れない不思議な誰か。

ヴィルヘルムはチャットの向こうにしか姿を見せない不思議な誰か。

つまりは、ハンドルネームなんだ。なぜかテルはチャットの向こうだとキャラを変える。人格を変える。そして別人になりきって俺と会話してる。リアルでもネットでもいちいち何かしら他人と違うアクセントをつけないとテルは我慢できないのだろう。

だけど、チャットルームでの話はできるだけ人に話さないようにしてる。そう約束したわけじゃないけど、暗黙《あんもく》の了解としてそういうことになってる。だから俺も、深くは説明しないのが礼儀《れいぎ》だと思う。というわけで、妹にはナイショにしておこう。ヴィルヘルムがテルのハンドルネームだってことは。ま、説明するのめんどくさいしな。

「本名が赤村崎《あかむらさき》葵子《あおいこ》で、あだ名がテルで、もう一人の自分がヴィルヘルム？」

「そういうことだな」

「トキオ、この人ちょっと、お………面白いね」

「おかしいと言っていいんだぞ、優しく礼儀正しい妹よ」

俺はいつも言ってるぞ。大丈夫、こいつは自覚的に狂っているから、おかしいと言われても傷つかないぞ。

「分析開始だ。さぁ、目には見えない涙と勇気を探し出すぞ」

「ただのラブレターだろ。これ以上何を調べるというんだ。これ以上俺をみじめにしてくれるな。妹の前で恥をかかせてくれるな」

「いいじゃないか、どうせ断るんだろ？　君には私がいるんだからフフフフフ」

気持ち悪い笑い方をしながらテルがしなだれかかってきた。

表情は憎たらしいが、仕草はいちいち愛くるしい。俺がどう感じるか計算した上でやっていることなのだろうけど、間近に顔が迫ってくると一瞬《いっしゅん》反応できなくなってしまう。

「お前は俺のなんなんだよ。もしかしたら、もしかしたら絶世の美女が俺に首ったけで、俺もついついでれーっと誘いにのっちゃったりする事態が起こるかもしれないだろ」

「ああ、もしかしたらね」

軽く流された。俺の言葉など歯牙にもかけず、抵抗する間もなくラブレターをさっと奪い取ると、テルはためらうことなく本文を読みはじめた。

「まずは内容の確認だな。うわ、びっしり二枚もあるのか、愛が重いな。えーと『はじめまして。あなたは私のことをよく知らないと思いますが私はあなたのことをよく知っています』。ふむ。カモトキくんと面識がなく、会話する機会も乏しい、そのうえ話しかけるのが苦手な子だな。なるほど、この時点で相手は二十人に絞られた」

「そんなに絞られていいの⁉」

俺ってそんなにこの学校で顔広かったたっけ⁉

「それでどーでもいい文が続いて……『学校ではいつもあなたを目で追っていました』とあるな。目で追うことができるってことはクラスが一緒なのかもしれない。クラスメイトか、もしくは同じ委員会にでも所属しているのだろう。交友は浅いが行動はともにすることが多い。この時点で二十人に絞られた」

「変わんねーのかよ⁉」

「お、見ろこれ、『私の生活の中にはいつも不思議と加茂《かも》さんの存在がありました』。何が不思議なんだ、自分から探し出して目で追ってたんだから当たり前だろ。ハハハこいつ文才あるな」

む。むむむ。

なんというか、これ、ものすごく失礼なことをしてはいないだろうか？

俺だったら、自分の書いたラブレターを片恋相手以外に読まれるのは耐え難い辱めのように感じてしまうかもしれない。書いたことがないから確かなことは言えないけど。

「もういいだろ、笑うなら返せよ」

「ん？　ああ返そう。文面の分析はほとんど終わった」

俺の手にラブレターを押しつけると、テルは腕を組んで目を閉じて、うーんとひとつ唸《うな》りをあげた。

「しかしこれだけではなんとも言えないな。文面以外についても分析が必要だ」

「文面以外ってなんだ」

「カモトキくん。君がこの手紙を受け取ったのはいつ？　どんな方法で？」

「放課後、帰ろうとしたら下駄箱の中に入っていたんだ。靴の上に置かれてた」

「ふむ。放課後……か。ただのラブレターなら、君が登校したときに気づけるよう朝に仕掛けるのが常套《じょうとう》だ。なぜ気づかせるタイミングに放課後を選んだ？　今日の放課後に会おうと書いてあるのにこれはおかしいと思わないか」

「ん？　おかしい……かな？」

いや、そうでもないような？

「朝から置かれていたなら夜のうちに忍び込んだ学外の人間かもしれないが、放課後になるまで気づかなかったんだから手紙を置いた人物は校内を自然に徘徊《はいかい》できる人物……まぁ、生徒だろうな」

「なんで朝じゃないとおかしいんだよ」

「誰《だれ》にも見られないよう手紙を入れるなら人のいない早朝がベストだから」

「それだけのことで？」

「それに、朝のうちに伝えておかないとカモトキくんが別の用事を入れてしまうかもしれないだろう。カモトキくん、今日このあとの予定は？」

「何もないよ、帰るだけ」

「やっぱり部活はサボる気だったのか。あとでお仕置きだぞ」

ぬ。罠《わな》であったか。

テルとにらみ合っていると、トミノが参戦してきた。

「単純に、兄の方が早く学校に来たということはありませんか？」

「どういうことだいトミトミちゃん」

「呼び方を統一しろよ」

「ですから、まず兄が学校に来て、そのあとに告白者がラブレターを置いた……というのは？

タイミングが逆になったから、兄が気づいたのは朝でなくて放課後になったのでは？」

「素晴らしい分析力だトミノちゃん！　分析部の在席部員が誰一人気づかなかった部分に目を向けるとは！　ぜひとも分析部に入ってほしいな！」

「なんでさっきからうちの妹を十年に一人の逸材みたいな設定にして無理矢理入部させようとしてんだよ」

「妹を囲っておけば兄も部活に対して真面目になるかと思って」

「人質にする気なのか⁉」

「しかしトミノちゃん。靴の有無を見れば相手が自分より先に登校しているかどうかはわかるんだよ。すでに相手が学校にいると知って、長時間下駄箱に放置されると知ってラブレターをそこに置いていくものかな……？　私なら、次の機会を待ちたいね」

「むむむ……」

テルに触発されたか、妹が真剣に悩んでいる。

議題が俺宛てのラブレターというのはどうにもむずがゆいが。

「手紙がカモトキくんの下駄箱の中に置かれたのは登校時刻から下校時刻までの間。その前提のもとでもう少し掘り下げてみよう。ふむ。そもそもこの文面はいつ書いたのか、という点も分析対象にしてみたい」

「いつ？」

「これが授業時間中に書かれたものであるとするなら、手紙が仕掛けられたのが朝ではなく放課後だったのも頷《うなず》けるだろう」

「なるほど……っていやいやいや。昨日までに書いてあったものを持ってきて今日下駄箱に置いたんだろ。普通はそう考えるだろ」

「昨日まで――少なくとも今日の朝までに家で書いてきたなら、学校に持ってくるまではおそらく手紙は封筒の中にあったと推察される。だがそうなるとおかしなことがある。折れ目だ」

「おれめ……？」

「その封筒に……その手紙が入っていた、と」

テルは手紙を折りたたみ、封筒の中に入れる仕草をする。

おお、言いたいことがわかってきた。

「なるほど。折れ目が合ってない」

「うん。封筒も便箋《びんせん》もいくつか折れ目がついているが、形や位置に相違が見られる。となるとわざわざ封筒と便箋を分けて持ってきたのか？　そして学校に来てから封筒の中に入れ、朝のチャンスを逃しなぜか授業時間に手紙を置いた……考えにくいね」

「え。考えにくいか？」

「君なら、愛の言葉がしたためられた手紙をむき出しのままにしておくか？」

「しない、かなぁ」

うーん、納得できるような、できないような。

妥当性は感じるが確証はない。ロジックが甘い気もする。だけど、テルが分析を続けていくうちにそういうものかと思い込まされてしまう。

おや、これっていわゆるペテンってヤツなんじゃ……？

「これが書かれたのは授業時間中だと判断するのが妥当だろう。今日この学校内に来てから書いたんだ」

「学校に来てからラブレターを書く。別におかしくないんじゃね？」

「手紙にしたためるほどの想《おも》いが朝から放課後までの間に生まれたとでも？　惚《ほ》れっぽいにもほどがある。行動力も凄過ぎる」

「いや、そうじゃなくて。たとえば手紙を書くことは決めていたけど、なんて書こうか悩んで友達に相談したとか」

「うーん。この文面からそういう空気を感じるか？」

「感じないかも」

「感覚でものを言うのはよくない」

「お前が言い出したんだろ！」

なんだ⁉　この感情はなんだ⁉　俺はいまのほほんとした顔してんのか⁉　してねーだろ⁉

「休み時間にちょこっと書いただけってこともあると思いますけど……わからないなぁ、何か問題がありますか？」

「これが呼び出すためだけの手紙ならそれもある。しかし文章量は便箋《びんせん》二枚にぎっしりだぞ、トミノちゃん。休み時間にぱぱっと書ける量じゃない」

「う……！」

「時間をかけて前もって用意してきたものと考えるのが妥当と思うが」

「うう……！」

「では、この手紙が書かれたのはいつどこか？　情報が錯綜《さくそう》している。分析が矛盾している」

確かにその通りだ。テルの分析が正しいとすれば、これは矛盾に他ならない。どこかにねじれが発生している。

「それに、人物像も一定でないな。これほど丁寧な文章を書く人間が、手紙も封筒もこんな雑に折り曲げてしまうものだろうか？　文面から伝わる愛の深さがどうにもこの渡し方には感じられない。書いた人間と送った人間は別なのではないか？」

「なるほど……」と俺。

「な、なるほど！」と妹。

あれ。

テルのヤツいま感覚でものを言ったか？

……いや、気のせいだよな、自分で良くないと言ったことを実践するわけないもんな、思い違いだろう、きっと。そうさ、勘違いさ、ハハ。

「そろそろ、これをただのラブレターだと判断することの危険性が理解してもらえただろうか」

「言われてみるとそんな気がしてきた」と俺。

「私もそんな気がしてきました！」と妹。

あれ。

手紙がラブレターだと証明するために分析している最中ではなかったか？

俺のために一肌脱ぐって言ってたはずだよな？

な、なんだろう、ちょっと心がかさついてきた、かな、ハハハ。

テルは目的などとうに忘れて分析ごっこに夢中になっている。再び俺からラブレターらしきものを奪い取ると、空に掲げて陽《ひ》に透かして見ている。透かし文字でもあるのか。

テルは手元でひらひらと、手紙をいじって遊びに遊ぶ。お前それじゃ文字が読めないだろと問い詰めてもいいかな。

「フフフ。なるほどな。わかってきたぞ」

「本当か！」

「しかしこの分析を裏付けるには少々情報が足りないようだ。一つ質問をしてもいいかな」

「いいぞ、早くこの無駄話を終わらせてくれ」

「そうか。ではトミノちゃん、いま付き合ってる人か、気になってる人がいる？」

「俺にじゃねーのかよあああああ⁉」

あーダメだ！　もうガマンできない！

人が黙《だま》って聞いてりゃあ調子に乗って適当なことばっかり言いやがって！

「てめえええええええええうぐッ‼」

あまりに脈絡のない質問に猛《たけ》り狂う俺の脇腹にトミノがヒジで攻撃《こうげき》した。一瞬《いっしゅん》息が止まった。

「トキオ。表情が崩れてる」

「あ、ああ、すまん。ありがとうトミノ」

怒らない、怒らない。そう、俺は他人の痛みに敏感な、優しい優しい男子高校生だもんね。まかり間違っても同い年の女子にキレるなんてことがあっちゃならないね。フゥ、沸騰《ふっとう》する勢いで精神が高揚したせいでちょっと動悸《どうき》がするけどたぶん気のせいだね。

「妹想《おも》いだなぁカモトキくん。のほほんとした顔してるくせに妹のことになると声を荒らげて怒るんだね」

「すり替えたな⁉　俺がキレてるのは頭のおかしい同級生がわけのわからん妄言を吐きまくっているからだというごく当然の理由を兄妹愛の証明にすり替えて良い話にしようとしたな⁉　てめえええええええ‼　オラアアアアアアアアアア‼」

猛り狂う俺の脇腹にトミノがヒザで攻撃した。一瞬目がチカチカした。

「トキオ！　キャラが崩れてる！」

「あ、ああ、すまん、ありがとうトミノ」

でもそこまで過激な手段でなくても俺は正気に戻れたと思うぞ！

「怒りっぽいなぁカモトキくんは。でもそんな君が私は好きだよ。で、トミノちゃん、質問の答えは？」

「いますよ、好きな人。付き合ってるわけじゃないですけど」

トミノはあっさりとそう答えた。兄はそんな話をまったく聞かされていなかったので内心少々動揺しているのだが、そんな様子はおくびにも出すまい。

ちっと寂しいぜ。兄には相談してくれないのか妹よ。

「ふむ。冗談はさておき、これで分析は完了だ。驚《おどろ》かずに聞いてくれ、カモトキくん。こいつはラブレターなんかじゃない。これは……」

「これは？」

緊張《きんちょう》の一瞬。

ごくり。

「この手紙は、君に『狙撃又はそれに準ずる行為』をするためのものと推察される」

「…………！」

「どうしたんだカモトキくん。脅しをかける借金取りみたいな顔してるぞ。いつもののほほんとした顔はどうした」

狙撃《そげき》又はそれに準ずる行為ってなんだよいったい……！　まったく意味がわからん、何をどう怒ればいいのかもわからんがとにかく許せん……！　ダメだ、めちゃくちゃに声を荒らげてツッコミを入れたい……！

「な、何でもない……！」

「表情だけで感情を伝えようとするのはやめてくれ。イケメンがダ・イ・ナ・シ・だ・ぞ！」

なんだ!?　この気持ちはなんだ!?

もしいま俺の手中にミサイル発射ボタンがあれば勢いで押してしまいそうなこの気持ちはなんだ!?　俺ってこんなに怒りっぽかったっけ!?

「よろしい、根拠を説明しよう。加茂《かも》さんへと文面にあるからこれが君に送ったものであることは間違いない。無差別な相手ではなく、これは君を屋上に呼び出すために書かれたものだ」

「それはわかってる」

最初からずっとわかってる。

お前が余計なことさえ言い出さなければそれ以上のことが議題に上がることもなかっただろう。

「そう、わかりきってるのはそこまでだ。ここに告白者がいない以上、呼び出した理由は告白ではないと考えるべきだ」

「告白じゃないなら便箋《びんせん》二枚分の愛の言葉はいったいなんなんだ」

「おそらくは、本気さを暗に伝えて無視しづらくさせるためだろう。内容自体は何でも良かったのだろうから、図書室に行って恋愛小説でも探れば似た文面が見つかるかもしれない」

確認する気力はないが、たしかに何かを参考にしたなら、二枚分も書けるかも。って、いやいや、相手が文章を書くことに慣れている人間なら普通に二枚くらい書くとも思うが……。

「では君を屋上に呼んで何をしたかったのか？　せっかく屋上に呼んだのに、何ひとつカモトキくんへの接触がないのはおかしい。どう思う、妹ちゃん」

「屋上へ呼ぶことがそもそも目的でなかった、とか？　もしかしたら、放課後に呼び出すことで、トキオをすぐに帰らせないことこそが目的だったのかもしれませんね。トキオを帰らせたくないと思っている人物、屋上に呼び寄せようとした人物………あっ」

「テルゥウウウウウお前が犯人かあああああああ!!」

「あっ脇はやめろっあっひひひひひひひひひ！」

背中からつかんで思い切りくすぐってやった。羽交い絞めにしながら、もむようにして脇の辺りをぐりぐりと指でいじめてやる。テルの弱点ならいくらでも知ってるぜ、ほーら額に汗が、足に震《ふる》えが。涙が出るまで逃がさないぞ悪党め。

なるほど、だからお前が屋上にいたのだな。これですべてが繋《つな》がったぞ、イタズラという名の……悪意に満ちた言葉でな！

「やっ、あぅ、やめへへへやめろほぉ！」

「楽になりたきゃさっさと白状しろい、罪深き魔女《まじょ》め」

「ちっちがっ私じゃなはははははは！」

「正直に言わないと火あぶりに処するぞ」

「やだ！　制服一着しか持ってない！」

「なんで肌は焼けずに済むものだと思ってんだよ⁉」

魔女か⁉　魔女なのか⁉

そういうのいいから！　魔女のフリしてくれなくていいから！

反応がちょっと面白かったので、しょうがなくテルを解放してやった。笑いすぎて息が乱れている姿がなんとも扇情的だったが、何か言えば勝手にこいつはつけあがるだろうからあえてコメントはしない。

テルはなんとか呼吸を落ち着けたあと、俺たちの関係にドン引きしている妹の顔を直視してすぐ正気に戻り、何事もなかったかのように説明を再開した。

「情報を整理しよう」

「そうですね、私ちょっとわからなくなってきました」

安心しろトミノ。こいつの言葉がわからなくても人生は謳歌《おうか》できるし、青春は光り輝《かがや》くことができるのだぞ。

「放課後、カモトキくんの下駄箱には一通のラブレターが届けられていた。しかし屋上に来ても呼び出した人間がいなかった。そこで分析をしてみると、手紙はなぜか放課後突然現れたもので、その内容は過剰とも思える文章量で、書き手と送り手が一致しないような状況にあり、封筒と便箋《びんせん》が別々に用意されたような痕跡があった。ラブレターとしては異質であるから、呼び出した理由は愛の告白などではなく、他に目的があると推察され、それを私は『狙撃《そげき》又はそれに準ずる行為』であると仮定した」

「うん」

ふむ、そういうことだな。

「うんー？」

妹の方はよくわかってないらしいがほっとこう。

「というわけで、残った問題はあとひとつ。『狙撃又はそれに準ずる行為』とは何なのか？」

「おお、ようやく一番アホな話に切り込んでいくわけだな」

「屋上という場所の特殊性を考えれば話は早い。学校において、屋上という場所はどんな性質を持っているのか。まずひとつに、いまわかるように見晴らしがいい」

な、なんだか急にのどかな話になったか？

見晴らしがよくて素敵ね、なんて乙女チックなセリフはテルにちょっと似合わない。

「何か不満でもあるのかいカモトキくん」

「いいや、ないよ。テルは今日も美人だね」

「ありがとうカモトキくん、愛してるよ」

お互い、言葉に心を込めるということを知らないので言いたい放題だ。

「見晴らしがいいということはつまり、カモトキくんに一定の距離《きょり》を取りつつ、壁《かべ》に視界を阻害されない環境《かんきょう》に呼び込めるってことだよ。そしてその中で行われることこそが『狙撃《そげき》又はそれに準ずる行為』だよ。狙撃じゃなくてもいいんだ、ただ、狙撃にも使える環境だからそう呼んだだけで」

「はぁ」

「君への何かしらのアクションがなされていないのはなぜか？　君がここに来た時点で目的が達成されているからだ。合わせて考えれば、カモトキくんと一定の距離を取りつつ、壁に視界を阻害されない環境に呼び込めばそれだけで目的は達成された。なぜか？」

おお……核心となる部分がついにあらわになるのか。テルの分析、その答えを聞かせてくれ。

この長々とした分析の、その締《し》めくくりを聞かせてくれ。

テルがゆっくりと、ゆっくりと俺に近づいてくる。

「そういえば……さっきから南棟の屋上でダンスの練習をしている連中がいるが、どうにもこちらをちらちらと見ていた気がするなぁ」

「え」

俺の隣《となり》に陣取ると、テルは優しく俺の肩を叩《たた》いた。

「からかわれたんだよ、カモトキくん。ぷっ」

肩に置かれた手が小刻みに震《ふる》えている。

笑いをこらえる素振りを少しも見せず、ついにはテルは大口を開けて笑い出した。

「良かったな、妹に腕をつかまれてここに来る様子がばっちり見られたかもな！　ハハハハ！」

「最初から……」

「ん？」

「最初から結論が変わってねーだろうが!!　あんだけ無駄な分析で遠回りしやがって!!　結局はただ俺が偽ラブレターに騙《だま》されたことを証明しただけじゃねーかよてめえええええええええええオラアアアアアアアアアアアア!!」

「あっだから脇はやめろいっひひひひひひひひひイヒー!!」

もはや理性に押し留《とど》められるレベルを超えていた。

怒りだか痛みだかわからん謎《なぞ》の感情が俺の体を支配して、ひたすらテルの体をくすぐり続けろと命令している。

屋上に倒れこみ、もみくちゃになっている俺たちを見ながら、トミノが一歩後ずさった。

「トキオ……妹の前でイチャイチャするのはちょっと……キモイな」

もはや自分でもどんな顔をしているのかわからなくなってきた俺とは違って、そう呟《つぶや》く妹の顔は、いつも通りきりりっとしていた。

【チャットルームにて】

Wilhelm：そんなことがあったんですか。大変でしたね。
トキオ　：まったくです。結局イタズラの犯人は見つからないし
Wilhelm：イタズラではなかったと思いますよ
トキオ　：え？
Wilhelm：場所の指定がおかしいでしょう。普通なら、あなたが騙《だま》されてのこのこやってくる姿を監視《かんし》できる場所を選びますよ。屋上は適していない。隠れる場所がほとんどありませんから
トキオ　：言われてみれば、騙されてのこのこやってきた俺の姿を見ていたのは
トキオ　：自発的にのこのこやってきて部活動してたアホだけでした
トキオ　：あれ？　でも隣《となり》の校舎の屋上から見ていた人間がいたって
Wilhelm：では逆に聞きますが、あなたがそういうイタズラを仕掛けるとして、隣の校舎の屋上に待機しますか？　遠すぎて望遠鏡がなければ表情も見えない、これはジョークだと即座に伝えることもできない…………私なら、その選択はしないです
トキオ　：たしかに
Wilhelm：手紙の文面、どんな筆記具で書かれていたか覚えていますか？

トキオ　：シャーペンだった
Wilhelm：修正ができた、ということですよね。書き直した跡はありましたか？
トキオ　：いや……記憶《きおく》にない
Wilhelm：そうですか。では、筆圧はどうでした？　強めでしたか？
トキオ　：普通だった……と思う。綺麗《きれい》で丁寧な字で、しっかり書かれてた
Wilhelm：ある程度の筆圧があれば、光の当たる角度次第で修正の跡がわかります
トキオ　：修正って、何を修正するんです？
Wilhelm：おそらくは呼び出し先を。だから屋上には人がいなかった。
トキオ　：なぜ屋上に？
Wilhelm：屋上自体には目的がなかったと思います。どちらかというとそこに着くまでが大事だったんじゃないでしょうか
トキオ　：うーんわからない
Wilhelm：手紙の中であなたは何て呼ばれていたか覚えていますか？
トキオ　：『あなた』。それと『加茂《かも》さん』だった。間違いない。
トキオ　：さん付けしてたからたぶん一年生だろうって思ったんだ
Wilhelm：加茂さん。なるほど。下級生が上級生を呼ぶときにさん付けをするのは一般的ですね。でも、あまり親しくない女性をさん付けで呼ぶのも一般的ですよね

トキオ：え…………

Wilhelm：あなたには妹がいるんですよね。もしかして、ですけど、その手紙をもらった当日はいつもより仲良さそうに振る舞《ま》ったり、彼氏の真似事《まねごと》をさせられたりとかしませんでした？

トキオ：した。すごく甘々だった。腕に抱きついてきた

Wilhelm：では、これで確定したと思います。おそらく、『転送』がその答えですね

トキオ：よくわかんないです

Wilhelm：あなたの妹さんは、自分に送られたラブレターをあなたの下駄箱に置いたんですよ

トキオ：突拍子もない感じがします

Wilhelm：そうですね、こんな感じでしょうか？

Wilhelm：誰《だれ》かからラブレターをもらった、なんとか断ろうとは思うけれど直接は言いにくい、じゃあどうしよう。彼氏でもいれば話は早いが実際にはいない、それなら見せかければいい。兄を利用して。

Wilhelm：たぶん四階のどこかが本当の呼び出し先だったんでしょう。手紙を改ざんして呼び出し先を屋上に指定し直し、一年生の教室のある四階を通るルートに誘導する。あなたを連れていき、そして、あなたの彼女のように振る舞いながらその目前を通過する……彼氏がいると誤認させて、そうしてなんとか相手に告白を諦《あきら》めてもらう。

そういう計画だったのではないかと。わざわざ腕に抱きついたのは、屋上までのルートを操作するためでしょうね。

Wilhelm：封筒と便箋《びんせん》の折れ目が一致しなかったのは、封筒だけ後から用意したものだから

Wilhelm：宛名の方にフルネームが書かれていたのかもしれません、だから転用できなかった

Wilhelm：改ざん、そして新しい封筒の用意。朝のうちにはできなかったから、あなた宛てのラブレターは放課後に届いた

Wilhelm：書かれた時間と送られた時間、封筒と便箋の違和感、書き手と送り手の違和感

Wilhelm：これで説明がつくかと思います

トキオ：どうして妹はわざわざそんなことを？　普通に断れば良かったのに

Wilhelm：できなかったんじゃないでしょうか

Wilhelm：うまく話す自信がなくて、傷つけることが怖くて

トキオ：じゃあ、あの場ではテルが真実を伏せたのは

Wilhelm：何かしら感じ取ったんでしょう

Wilhelm：妹さんが本当に困っていること、他に好きな人がいること

Wilhelm：だからテルが選んだのは、黙認《もくにん》という答えだった

トキオ：さすがですね、ヴィルヘルム

Wilhelm：初歩的なことだよ――なんてね

トキオ：最後に一つ、いいですか
Wilhelm：はい
トキオ：あれが妹の企てだというのなら、結局、隣《となり》の校舎の屋上からこちらを見ていたという連中は何だったんでしょう？
Wilhelm：ああ、それ……
Wilhelm：ちょっと言いづらいんですけど
Wilhelm：今日は風が強く吹いていましたよね
トキオ：はい
Wilhelm：強風、屋上、女子生徒。そして短めのスカート……
Wilhelm：ちらちら見てくる人がいたって、おかしくはないと思います
トキオ：ああ、そういうこと
Wilhelm：たとえ相手が傷つくことになっても
Wilhelm：はっきり言ってあげた方が良い場合もあると思います
Wilhelm：以上、ヴィルヘルムでした！
Wilhelm：夕食の時間なので落ちますね
Wilhelm：ではまた

分析2

ドネーションを分析する

寄付

【きーふ／donation】

恵まれぬ人などに金品を贈ること。寄附、喜捨。

余談だが、寄付をされる側の人間は、お金をもらったときに少し愉快な反応をするといい。噂が広まれば、反応を見るためにお金を投げてくれる人が増えるだろう。

休みの日は何をしてるの？

そんな質問をされても困る。

休みの日は休んでる、休みじゃない日にはしないようなことをしてる……これくらいあいまいな答えで納得してもらえるならまだしも、普通はそれじゃあ満足してもらえない。

休日は図書館で勉強もしくはギターかサイクリングかな、なーんて自信をもって答えられるなら面目も保てるが嘘《うそ》つきにはなりたくない。かといって本音で語って「あなたってつまらない人ね」と思われてしまったらそれはそれで癪《しゃく》にさわる。余談だが、癪って何なんだ？　さわられると困る部位の名称なのか？

というわけで、最善の対処はそんな質問をしない、されないように心掛けることだと、俺はそう思うわけだ。

『なるほど、よくわかった。で、カモトキくん、いま何をしてるの？』

ケイタイの向こうからテルの声がする。

聞き取りやすく張りのある声で俺の現状を問う。

今日は土曜日、授業もなければ部活動もないはずだ。現状を正しく部長に報告する義務はないものと判断します。いまは駅前で、呼び出しがかかればすぐにでも行けるほど暇だけど、休暇を満足に過ごしたいので適当なこと言ってごまかそう。

「いまなー、ちょっと言葉にはしづらいんだけどすげー忙しい状況にいるんだ。悪いな、話があるなら月曜日にしよう、ちゃんと部室に行くから、な」

『忙しいって、休みの日はゲームセンターに行くくらいしかやることないだろ、君は』

「なっ⁉　なぜ知っている‼　キサマ、俺のトップシークレットを！」

『別に隠すことでもないよ、毎週土曜日は欠かさずゲーセンで格ゲーに興じていることくらい』

「う、嘘だ！　ゲームに興じている姿をお前に見られたことはないはずだ！」

『ランキング一位を狙ってがんばってるんだよな、お疲れさん』

「そんなことまで！」

『どうしても一位が取りたいから、わざわざ駅前にある店とは違うさびれた店に通っているんだろう、客が少なくて競争が激しくなさそうな場所に……努力家だねぇ。ぷっ』

「やめろ！　やめてくれ！」

『しかもオンライン環境《かんきょう》を避《さ》けて、そのうえ毎週スコアがリセットされる古いゲームを選んで……ランキング一位獲得《かくとく》おめでとう、ふふふふふ』

「やめてあげてくれ！」

『ちなみにその記録を毎週日曜日に塗り替えているのは私だ』

「陰気なマネすんなよ！」

なんでだよ！

他人の秘密を知ったら口を閉ざすくらいの優しさは持ち合わせていないのかよ！

なんで積極的に介入して俺の密かな喜びを否定してまわってるんだよ！

『休日は何してるんですか～って女の子に聞かれたらゲーセンでプライドを積み上げて遊んでるって答えるのかい、カモトキくん』

「休日は何してるんですか～って男の子に聞かれたらゲーセンで知り合いのプライドを砕いてるって答えるのかよ、お前は」

人のことを言えないくらい、っていうか俺とは比べものにならないくらいひどい趣味《しゅみ》だぞ。

『冗談はさておき、つまりいまそのゲーセンにいるの？』

「いいや、もう飽きて帰るところ。駅前で何か食っていこうかと思ってる」

『駅前にいるのか！　ちょうどいい、私も近くにいるんだ、落ち合おうよ！』

「おお、いいぞ」

バレちまったからには仕方ない。暇と自覚して行けるとわかって誘いを断るほどに、人の痛みに鈍感な男じゃないぜ、俺は。

『目印は……そうだな……募金活動をしている子が見えるか』

募金活動？

あれか、募金箱を持ちながら道行く人に「ご協力おねがいしまーす」って言いまくるあれのことか。やったことがないので確証はないが、あれってかなり恥ずかしい思いをしそうだなと勝手に思っていることはナイショだ。

「んー……ああ、見える。ピンク色のカーディガンの？」

『そうそう、ゆるふわモテカワ愛され系おしゃれコーデに身を包んだイマドキのヤング』

「おう、後ろ姿が見えるぜ。ちょっと頼《たよ》りない感じの背中に柔らかそうな素材の服がよく似合ってる」

『それが私だ』

「お前かよ！」

なんでだよ！

もうどこからツッコむべきかわかんねーよ！

ゆるふわモテカワ愛され系おしゃれコーデに身を包んだイマドキのヤングが振り返ってこちらに手を振っている。どうやら俺の現在地を知られたらしい。あの顔、あのまっしろい肌、そしてあの不審《ふしん》な行動……間違いなくテルだ。

「カモトキくーん！　こっちこっち！　はははは！」

人目をはばからず自由気ままに、テルは笑って腕を振る。

なんだろう、すげー他人のふりしたい。

テルと休日に会うことは決して珍しくはないのだけど、今日みたいな格好ははじめて見た。いつもはあの冴《さ》えないニット帽をかぶって、休日だというのに学校の制服を着ていることが多いから。なぜ私服を着ないのかと聞いたら『制服姿の方が男子は喜ぶと思った』と返された。そのとき、二度と安易な質問はしないようにしようと決めた。

今日のゆるふわモテカワなんとかな服装はたしかに可愛《かわい》いけれど、どんな分析の結果その衣装を選んだのか語り出されたら面倒なのであえてコメントはしないでおこう。

「フフ、私だとわからなかった？」

「ニット帽をかぶっていてくれればわかったかもな」

「普段の装いにトレードマークがあるといざ変装するときに見破られづらくなる、という分析は正しかったようだ」

そう言ってテルは、どこに隠していたのかニット帽を取り出して深くかぶった。え、どこに隠してあった？　え？

つーかなぜ変装の必要があったんだ、そしてなぜいま変装を解いたんだ。

ダメだ、ツッコミどころばかり頭に浮かんでくる。これをツッコミで済ますか分析をはじめるかが俺とテルの差なんだろうな。そして何も疑わずに信じちゃうのがうちの妹なんだなと思うとちょっと泣ける。

「それにしてもカモトキくん、私服ダサいな！　チェック柄は似合わないからやめとけって、あんなに言ったのに！」

「余計なお世話だ」
チ、チェック柄は誰《だれ》にでも似合うってテレビで言ってたし。テルが似合わないって言ってもクラスの女子たちとかは気に入ってくれるかもしれないし。
それにしても失礼なヤツだ。テルはお外でも学校で会うときとまったく変わらないハイテンション。服が変わってもテルはテル。口を開けばそれだけで、張りのある声と饒舌《じょうぜつ》な語り口を聞けばそれだけで、いつも通りの変人ぶりが顔を見せてくる。

知り合いと思われることを我慢していざ近寄ってみると、募金活動の内容も見えてきた。

テルは募金箱をヒモで首にぶらさげている。ボックス型の透明な貯金箱には赤く「募金」と書かれていて、いかにもお手製の簡易な感じが見え見えだ。それ、壊《こわ》す以外の手段で取り出すことができるのか？

そして、縦長のベニヤ板にポスターを張り付けて立て看板にしている。テルの胸元ほどの高さだから、一メートル三十センチくらいはあるのかな？　ポスターに書かれているのは、難しい漢字だらけの長ったらしい病名のロゴと、病魔《びょうま》に侵された女の子の写真。

「なんで募金活動なんてしてるんだ？」

「もちろん、分析調査のためだよ」

「手術費のためって立て看板に書いてるじゃないか。知り合いが大病でも患ったのか」

「そうなんだ、見てくれ、その写真を」

白い部屋、白いベッドに白い布団。

そこに横たわるうら若き乙女の姿はなんとも健気《けなげ》でいじらしい。

「ああ、かわいそうに。ベッドに横たわりながらも……こんなにきりっとした表情で、って俺の妹じゃねーかテルゥウウウウゥ!!」

「あっ公共の場ではやめろいひひひひひ!!」

後ろから抱きついて脇をくすぐってやったらゆるふわなんとか衣装が乱れまくってしまったが気にしない。人様の妹で遊びやがって、絶対に許さんぞ、こいつめ。

「あっひゃっそこはダメだってそこはひひひひ!!」

テルの胴体を俺の指がぐにぐにと這《は》い動く。筋肉の足りないテルの体は、いともたやすく笑いに屈してくれる。首から上を無茶苦茶に振り乱しながらテルが必死に抵抗する。逃がさないけどな。

「ダ、ダメ、うひ、ひひぃ」

「何がダメだ悪党め、神妙におなわをちょうだいしろ」

「ち、ふひひひ違うんだよ!　トミノちゃんが自分から言い出したんだよ!」

募金

「なんだと、架空の病人を名乗って金を集めたいと、俺の妹が言い出したのか」

「それは私が提案したのだがあはははははははやめろォ！」

天に代わり俺が裁いてくれる、この悪人め。

人を傷つけて手に入れた銭は何色に輝《かがや》くのか言うてみぃ。

「ひゃっあっひひっセツふふっするって！　ちゃんとセツっメイするってっへへへへ‼」

何を言ってるのかよくわからなくなってきたので仕方なく解放してやった。

少しくすぐるだけで過剰な反応を見せるテルが面白くて、ついつい長々と遊んでしまう癖《くせ》がついたかもしれない。往来のど真ん中でちょっとやりすぎかな、とも思ったけど手が止まらなかった。ゴメンよ。

敏感肌のテルの方はなんとか呼吸を整えて、まだ微妙に力の入っていない足をぷるぷるさせながらようやく説明に入ってくれた。

「トミノちゃん、他に入りたい部があるとかでさ。分析部には入らないが活動の際はぜひとも手伝いたいと言ってくれたんだよ、だからこうして」

「こうして詐欺の手伝いをさせてるのか」

「写真を借りただけじゃないか……それに勘違いしてるよ、これはあくまで分析調査が目的だ、お金は受け取ってない」

「受け取ってない？」

「募金の意思と額が知りたいだけだから、きちんと説明してお金は返しているさ」

「そうなのか？　でも、もういくらか入ってるじゃん」

テルの腹の前で募金箱がじゃらじゃらと小銭を鳴らしている。

いくらになるかはわからないが、硬貨で五十枚くらいはありそうだ。ソックスに入れて振り回せばたぶんボディビルダーの腹筋でも一撃《いちげき》で粉砕するだろう。

「これは私のポケットマネーだよ。少しは入れておかないと、見栄えが悪いだろ」

「おお、鮮《あざ》やかな詐欺の手口だな。よく勉強してる」

「ほーなるほど、私の分析が聞きたい、そういうことだな？」

「人間の言葉が通じないのか？」

野生に戻ったの？　分析の代償《だいしょう》に文明を失ったの？

「純粋な疑問なんだが、二時間駅前で募金を呼びかける行為と、二時間アルバイトで稼《かせ》いだお金をそのまま募金する行為では、どちらがより能率的なのか知りたかったんだ。ま、当然金額には大きく差がついたね」

「おいおい、募金ってのは人の良心からくる行動だろ、そこに効率なんてものを求めるなよ」

「効率性は万能の物差しさ、目的が定まっているのならね。だがもちろん、他の要素を考える余地は十分にある。たとえば募金活動の中でも、災害に対する募金や盲導犬援助の募金ならその行動の意味もわかるんだ。衆人環視《しゅうじんかんし》の中で募金を呼びかける行為は、言葉を聞いた人々の心に対象への情を呼び起こすことになるからね。大変なんです助けてくださいと表明することで、現実を多くの人に広く正しく認識してもらうことにつながる。誰《だれ》も来ないホームページを作るよりはリアルな効果が期待できる」

「ふむふむ。腹減ってきたな？　今日はイタリアンが食べたいな」

「しかし病気の子どものために、って場合はどうなんだろうな？　広く人に病気を知らしめて何になる？　この世には数えきれないほどの病人がいることは誰でも知っている。難しい手術のためにはお金がかかるのだって、普通に考えればわかることだ。いったい何を訴えているんだ？　そこにどんなメリットがあるんだ？　私なら、まったく理解できない選択だね。本当にまとまった額の寄付がほしいなら金のあるところに頼《たの》みに行くべきだ。いかにも売名行為が好きそうなタレントに手紙を送るとか、いかにも人情を売りにしてそうなプロ野球選手に頼み込むとか」

病気の子のために募金を呼びかける。

それくらいのことをどうして素直に納得してやれないのか、なんとも嘆かわしいことだ。

痛みを感じる人がいる、助けてほしいと呼びかける、だから誰かが助けてやる、そうして人と人とが繋《つな》がっていく。素晴らしきかな人間の輪、ロープで囲うよりよっぽど強い繋がりになる。違うの？

「お前には身内に大手術を経験した人がいないから、そんな風に考えるだけじゃないの？」

「そうかもしれない。だが、強い道徳心を求められる事象は分析対象にすべきじゃない……なんて考え方は好きじゃない。思想と良心だけに支えられた事物こそをもっとも分析していかなければいけない、というのが私好みの発想だね。それに」

「まだ続くのか」

お前の隣《となり》で話を聞いていると、駅から出てくるみんなに見られているようで実に居心地が悪いんだが。

「方法についても疑問がある。募金箱を設置すればいいだけのことなのに、わざわざ街頭で呼びかけるのはなぜだ？　メリットが感じられない。特にここのような……駅前や交差点、人が多そうな場所で募金を呼びかけることが本当に有効なのか？」

「有効に決まってんだろ……」

「そうかな？」

「人が多い、だから募金してくれる人も当然多くなる、自明の理だろうが」

「浅はか」

言葉とは裏腹に心底嬉《うれ》しそうに、テルが肩にもたれかかってきた。

「あ・さ・は・か。フフっ」

ゆるふわモテカワなシャンプーの香りがした。

女子ってどうしてこんなにシャンプーの香りがするんだろう。

「病床に臥《ふ》せる人間のために、一円くらいなら払ってやれるという人間は多いよ。だけどそれを実行に移してもらえないことこそが問題なんだ。その子が幼いなら私は十円でも払うね。はかなげな美少女なら百円でもいけるね。さらに性格が良ければ千円でもいいね。両親が良い人そうだったら千五十円でもいける」

「募金はそういうシステムじゃないぞ！」

「だけど、その金額を必ず募金するかと問われたら黙《だま》ってしまうよ。募金の意思、慈善への意思がそのまま金額として反映されるケースは、少なくとも日常の中には転がっていないと私は分析する。転がっていないなら拾いようがない。自然に発生しないなら、こちらからその機会を作出してやる必要があるよね」

「ふむ」

「募金の意思を形にすることができるかどうか。そのカギとなるのは、思うに、利便性と即時性だよ。人通りの多い駅前や交差点で、立ち止まり説明をきいてサイフを取り出し硬貨を渡し再びサイフを仕舞《しま》って歩き出す……わずらわしいことこの上ない。こんなめんどくさいプロセスがあるからいけないんだ」

「それはどうしようもない部分だろ」

「そんなことはないよ。ショートカットはいくらでも可能だ。少なくとも、サイフを取り出すという過程を飛ばしてもらうことはできる」

「ポケットの中に小銭しのばせとけってか？」

「そうじゃない。もっと単純だ、人がサイフを出す必要のあるタイミングを狙えばいい」

「はぁ」

「買い物をするその場所で、その人がサイフを仕舞う前に頼《たの》むんだ。買い物のついでに、サイフを出したついでに、手間暇のかからないその一瞬《いっしゅん》ならかなりの高確率で一円くらいは募金してくれると思うぞ。だからこそ、飲食店やコンビニのレジの前に募金箱を置くのが最も能率的ってわけだね！」

「そんな計算してまで募金してもらおうとは思わねーよ……」

「結果を求めないならはじめから募金活動なんてしなければいい。もしくは自己満足だと割り切って、大通りのど真ん中で無視され続ければいいさ」

「むぅ……」

能率という刃は鋭《するど》い。

鈍重なものをなんでも切ってしまう。

小学校の通信簿《ぼ》には『人の気持ちが理解できない』とか書かれて先生にニガテだと思われてたタイプだろ、お前。

……つーか、よく考えたらその分析っておかしいよな。

いろんな要素を無視して考えてないか？　たとえば時間、朝の忙しい時間帯じゃなくて夕方以降を狙えば良かったんじゃ？　たとえば題材、誰《だれ》かひとりへの募金とかじゃなくてもっと大きな目的を示せば反応も違ったんじゃ？　たとえば状況、明らかに個人が行うのではなくて大人数で動けば、組織的に動いていることを示せばもっと募金の行き先についての信頼《しんらい》を勝ち得たのでは？

……まぁ、テルの分析だし。

いちいち突っかかってたら終わらねーよな。

「あれ。でもヘンだな。それならなんでお前はこんなところでやってんだ？」

「む」

「さっきの理屈から言えば、券売機の近くとかでやるべきじゃや？」

「そう。そう思った。だからそうした。そしたら駅員さんが一瞬《いっしゅん》で駆け寄ってきてさ。危うく親と学校に連絡がいくところだったよ」

「アホかお前は」

「ハハハ」

笑ってる場合か？

「それで、いまのところ何人が何円分だまされてくれたんだ？」

「三人で百と二円だね」

「それだけ⁉」

オニギリひとつ買えやしない。

たったそれっぽっちしか集まらないものなのか、募金活動って。

「二時間粘ってこれだ。時給五十一円。駅前に転がっている善意の値段さ」

「そうか。まぁ……そんなもんだよな……」

「ああ……君の妹がもう少しはかなげな美少女だったらな……」

「てめーいまなんつった」

「とにかく、分析調査はこれで終了！　結論は得られた、分析は終了だ。ずっと立ってたからもう足が疲れちゃった。立て看板と募金箱を駅のロッカーにあずけて、食事と映画でも一緒にどうかなカモトキくん」

「素晴らしい案だ、俺は腹が減っている」

「しっかしカモトキくん！」

「なんだいテルちゃん」

「駅前で、休日に私服姿の男女が一組！　恋人同士のデートみたいだね！」

「ああ、そうだな。募金箱をぶら下げてデートに来るアホが日本中に蔓延《まんえん》したらそう思われるかもな。痛ぇ！」

足を踏《ふ》まれた。

何が彼女を怒らせたのか、まったくもって不明である。

とにもかくにも撤収《てっしゅう》だ。さてまずはどこ行こうかなーなんて考えながら、テルの代わりに俺が立て看板を持ったところで、気づけばスーツ姿の男性がテルの前に立っていた。ぬぼーっと立っていた。

「心臓の病気か……かわいそうに」

あまりに生気がなかったので一瞬《いっしゅん》ぎょっとした。オジサンの方が大丈夫かよ。

いかにもビジネスマンらしい装いと立ち振る舞《ま》い。歳は四十を超えているだろうか、髪の量こそ保っているが、そこかしこに白髪が混じっている。うちの親父と同じくらいかとも思うが、どうにもはっきりしない。

男は、片づけようと俺が抱えていた立て看板を見ると、疲れ切ったような顔でつぶやいた。

「君の友人かい」

「い、妹です」

「そうか」

正真正銘、実妹です。でも病人ってのは真っ赤な嘘《うそ》です、ごめんなさい。

男はスーツの右胸のポケットから、長年使っていると思われる小さなサイフを取り出した。

その際、左手首の腕時計を俺はまじまじと凝視《ぎょうし》してしまった。宝石が散りばめられているんじゃないかってくらいにきらびやかで、値段に関してはおそらく口に出すのもはばかられる類《たぐい》の一品であろうと推察する。その腕時計を寄付してくれたらうちの妹は死の淵《ふち》からよみがえるかもしれないな。

じゃらりと音を立てるサイフの中からおいくら出してくれるのかと思っていると、なんとびっくり左手に握られていたのは一万円札、ためらうことなく男はその紙幣《しへい》をテルの募金箱にねじ込んだ。

うちの妹には福沢諭吉《ふくざわゆきち》ひとり分の価値があると認めてくれたのか、なかなか女を見る目のあるオジサンだ。きっと妻にも恵まれているのだろう、良き人生を謳歌《おうか》してください。

「でも、それは――」

――ただの分析調査で、本当は病人なんていやしないんです。

そう言おうとしたのに、なぜかテルが俺の袖を引いたので何も言えなくなってしまった。テルは見たこともないくらい真剣な表情で、鋭《するど》い目つきで男を観察していた。

「治るといいね。……おっと、もう十一時半か」

男は薄《うす》く笑うと、そのまま立ち去ってしまった。何事もなかったかのようにあっさりと。

でも、まだお金を返していない。これは分析調査だから、お金は受け取らないってテルは言ったのに。

「おい、なんで何も言わないんだよ」

テルは男から目を離《はな》そうとしない。歩き去る様子を後ろから異様ににらんでいる。観察している、と言うべきか？

うん、いくらにらんだって、これ以上は出してくれないと思うぞ。

「……気になることがあるんだ」

「金額が大きいからって、金を受け取ったら分析調査が目的じゃなくなっちまうぞ」

「そういうことじゃない。いまここで止めたら後の行動が読めなくなる」

「は？　意味がわかんね」

「ヴィルヘルムが忠告している。あの男は怪しいぞ。あくまで慎重に対応しなければ、ちょっとまずいことになるかもしれない」

警戒心の強い言葉とは裏腹に、テルはかすかに笑みを浮かべながら次の展開を分析しはじめていた。

＊＊＊

春の穏《おだ》やかな陽気の中で、テルの表情だけが不穏《ふおん》だった。

相変わらず募金箱をぶらさげながら、テルは物陰をコソコソと動き男の後をつけていく。ちなみに立て看板は移動させる時間がなかったので表面の妹の写真だけはがしてきた。あとで片づけよう。

「むっ！　コンビニに入ったぞ！」

「おお、それがどうした」

「ATMに注目だぞ、カモトキくん」

「意味がわからない」

駅からも見える近場のコンビニ、銀行ATMは当然に設置されているがそれがどうしたというんだ。テルはコンビニ前に置かれたゴミ箱の横に立ち、柱で身を隠しながら店内の様子をうかがっているようだ。正直、あのオジサンよりテルの方がよっぽどあやしいのだが、それを言えば傷つけてしまうだろうから黙《だま》っておこう。

テルがしつこくお前も隠れろとジェスチャーを送ってくるので、仕方なしに、緩慢《かんまん》な動きで俺も続いた。

「で、なんであのオジサンを尾行するんだ？」

「直感だよ、カモトキくん。ヴィルヘルムがそう囁《ささや》いている」

「そうかい。ヴィルヘルムさんはいったい何て言ってんだ？」

「見過ごすな、って言ってるよ」

見過ごすな……？

ただのオジサンだろうが、見過ごしてやれよ……。

「直感の答えは追跡と分析の先に隠れている。さぁ、分析開始だカモトキくん！」

おお、勝手にしろい、さっさと終わらせてランチにしてください。

そんな俺の願いもむなしく、テルはコンビニ店内をにらんでぶつぶつと独り言をもらしはじめた。頭の中で情報を処理しているのだろう。困ったことだ、どうすればこのゲームを早めに終わらせることができるだろうかと思案していると、不意に、後ろから肩を叩《たた》かれた。

振り返ると丸く膨《ふく》らんだ胸が見えた。

顔をあげると誰《だれ》かわかった。

「めぐるちゃん⁉」

「やっほー。どしたのカモくん。こんなところで何してんの？」

天高く伸びる無邪気な存在。

誰かと思えばその高すぎる身長、俺とテルのクラスメイトである東道巡《とうどうめぐる》ちゃんではないか。明るさと身長では誰にも負けないめぐるちゃん、本日もまんまるの瞳《ひとみ》に世界を映してご機嫌うるわしゅう。

わんぱくでもいいからたくましく育ってほしいという両親の願いを完璧《かんぺき》にかなえてみせたのであろう健康な精神と身体《からだ》を持ち、物理的に上から目線で俺の目を見つめている。何かを期待する顔で相手の反応を待つその姿勢、隣《となり》の家に住む柴犬《しばいぬ》がたしかこんな感じの表情をよくしていたなぁと思う。

「あれ？　テルもいる。……あっ⁉　邪魔《じゃま》しちゃった⁉」

何を邪魔したと思っているのかは知らないがめぐるちゃんが申し訳なさそうに口許《くちもと》に手を当

てた。馬鹿と勘違いこそ喜劇の華であるというのが俺の分析であり、そしてそのふたつを兼ね備えた奇跡の存在こそが、我らの愛しい巨大なクラスメイト、めぐるちゃんなのである。

「そんなことないよ、偶然会ったからご飯を食べようとしていたところで」

「とってもお邪魔だぞめぐるちゃん、私たちはこれから分析活動をするところなんだ」

オジサンから目を離《はな》さないままテルが言う。

クラスメイトに対してなんて言いぐさだ、口の悪い子は先生許しませんよ。

「分析活動って何？」

「ああ、ただの遊びだよ、ちょっと気になることがあったから調べようってだけで」

「ある男が私の用意した募金箱に一万円という金額を寄付した。その行動の中にいくつか、不《ふ》審《しん》な点がある。それらを分析調査すれば何かしらもっと大きな謎《なぞ》が見つかる可能性がある、だからいまから分析をはじめるところだ。邪魔しないでくれめぐるちゃん、せっかく張りきった服で休日を過ごしているのに！　男女が二人っきりなのに！」

邪険に突っ放すのはやめなさい、めぐるちゃんは良い子なんだから。

「なにそれー！　面白そう！　私も混ぜて！」

良い子だけど、その小学生みたいなセリフはどうかと思うよめぐるちゃん……。

屈託がない、という言葉がどういう意味なのか中学生までの俺はよくわからなかったが、高校生になってからはごく自然にかつ完璧《かんぺき》に理解することができるようになった。もちろん、めぐるちゃんに出会ったせいだ。

「あのオジサン⁉　いいじゃんいいじゃん、分析してみてよ！」

「……仕方ないなぁ。あとでジュースおごってよ、めぐるちゃん」

親しき中にも礼儀《れいぎ》あり。だけどテルは不満をまったく隠さない。親しすぎるのも、互いにフランクすぎるのも考えものだ。

テルはめぐるちゃんの腕を引いて自分の隣《となり》に立たせた。めぐるちゃんを壁《かべ》にして自分だけオジサンから隠れようとするんじゃない、友人を盾に使うな。

「ポイントとなるのはもちろん、『なぜあの男は一万円札を募金したのか』……ってことだ」

「優しいオジサンなんだろ。可愛《かわい》いうちの妹のために、身銭を切ってくれたんだよ。テル、知らない人間のことをあまり悪く言うもんじゃないぞ」

「私もそう信じたいけどねぇ。が、どうにも疑問点が多すぎる」

「なんでだよ」

「第一に」

うわぁ、出た。

疑問点が複数あるのか……やめろよな、一つにつき三十秒以上時間をかけないでほしいな。

「あの腕時計がおかしい。服装全体に対して派手すぎるし、ブランドものだ、相当の値がついてるぞあれは」

「わかった！　お金持ちなんだ！」

うんうん、めぐるちゃんだけが救いだよ。

テルが難解なことを言い出したらぜひともアホな方向へ世界を導いてくれ。

「しかしスーツは手入れが行き届いておらず、ワイシャツにはしわがあり、ネクタイもただの安物だ……質が良いものは腕時計だけ。もし本当に金持ちなら、全体を通して一定のレベルは保っているはずさ。しかしそんな様子はかけらもない。普通のサラリーマン男性の装いだ」

「じゃあ腕時計をコレクションするのが趣味《しゅみ》なんだ！　奥さんに怒られそうな人だね！」

奥さんはまぁ置いといて、腕時計が趣味っていいよな。お金がかかりそうで家計を圧迫するのは間違いないだろうけど。あれ、あのオジサンは結婚指輪をつけていたかな……？

「コレクターってことはありえないね。小さな傷がたくさんついてた。あれしか高価な腕時計は持っていないと判断すべきだな」

「うーん」とめぐるちゃん。

「ふーん」と俺。

細かいところまでよく見ているもんだなぁ。

ダメだな、テルと比べるとどうにも俺は観察力に劣るらしい。

「要するに、図抜けた金持ちではないとだけわかればよろしい。オーケイ？」

「なるほど、わかった、じゃあ追跡を終えようか」

「第二に」

続くんかい………。

食事と映画の約束はどうなったんだよ。

「サイフだ。右胸に入っていた小さな安物のサイフ。小銭入れと称してもおかしくないような安っぽいサイフだったな」

「じゃあ小銭入れなんだろ」

「万札が入ってたじゃん」

「オジサンにとっちゃ万札が小銭も同然なんだろ」

「のほほんとした顔で適当なことを言うのはやめた方がいいね。そういう富裕層ではないとさっき認めたばかりだろうに。それに、硬貨も入っていたはずでしょ、じゃらじゃらと小銭の音がしていたもん」

「そういえば」

俺とテルが話を進めている間、めぐるちゃんは眉間にしわを寄せ頭をひねっている。たぶんめぐるちゃんの頭脳では何も思いつかないと思うが、知的ゲームを存分に楽しんでいただきたい。

「サイフには小銭があった。しかしあの男は小銭ではなく一万円札を募金した……」

「良いオジサンだ。足は長くなかったけどな」

「問題はそれだけじゃない。あのサイフ、札は一枚しか入ってなかったんだ」

「はい？」

「私の位置からはっきり見えたよ。札を入れるスペースには一枚しかなかった。そしてあの男はそれを募金したんだ。てゆーか長いな……コンビニで何をそんなに時間をかけることがあるんだ」

それのどこがおかしいのか俺にはよくわからない。たぶんめぐるちゃんにもわかってないのだろうが、なぜか彼女は思いついたように目を輝《かがや》かせた。

「わかった！」

「まだだよめぐるちゃん。答えが聞きたいのはもうちょっと先だからまだ黙《だま》っていいぞ」

テルがぶった切る。テルは自分の説明が阻害されるのを嫌うんだ、しばらく大人しくしていようね。明るく元気で可愛《かわい》いな、めぐるちゃん。身長があと四十センチ低ければ妹にしたい。

「で？　一枚しかないとダメなのか？　ちょうど手持ちがなかったのかもしれねーぞ、テル」

「備えあれば憂《うれ》いなしって言うでしょ？　何十万も持ち歩いているなら一万円くらい募金してくれても違和感はないかもしれない。だが、唯一の札を見ず知らずの人間に渡すか？　私なら絶対にしないね」

「ああ、なるほど」

百あるうちの一つなら多少乱暴《らんぼう》にも扱うが、それが唯一であれば相対的に価値は高まる。

だんだんと、少しづつだけど、なんだかおかしなことが起きたような気がしてきた。

よく考えたら、一万円札をいきなり募金する男が目の前に現れたら普通変だと思うわな。なんなんだあのオジサン、もしかしたら本当に足長おじさんよろしくうちの妹に惚《ほ》れているのかもしれない。

「だから、ここでATMを利用しお金を引き出すつもりなら不自然さも解消されるはずなんだけどね。そんな様子はまったくないな……お弁当の並んでいる棚をずっと見てる。さっさと決めろよ、トマトソースのパスタが一番おいしいぞ」

「いいや！　このコンビニはシュークリームの方がおいしいよ、テル！」

「ジャンルを合わせて競えよ」

俺の位置からだと店内の様子はほとんど見えない。オジサンが何をしているかもちっともわからない。テルのように謎《なぞ》の分析をする趣味《しゅみ》はないので別に困りもしないのだけど。

「金が有り余るような経済能力は持たないはず。それどころか、彼はいま小銭しか持っていないような状態のはずだ。となると、さっき一万円札を募金したのはやはり不可思議だ」

「たしかに、そんな気がしてきたよ！」

「俺もそんな気がしてきたぞ！」

うん、やっぱりあのオジサンちょっとおかしいわ！

成金趣味っぽいだっせー腕時計してたしな！　最近のおっさんはダメだなほんとに！　若者

の比じゃないレベルでダメダメだな！

はいおしまい！　オジサンは変なオジサンでした、これにて分析終了！

「む！　会計を終えて出てくるようだ！　バレたらまずいぞ！　こういうときは、あやしまれないように恋人のフリをするのがスパイ映画の鉄則だ！　ハグハグしようカモトキくん！」

「え、いやそのロジックは」

――おかしい。けどテルの真剣な顔を見ているとそれを言い出すこともできず。

「さぁ早く！」

テルは正面からぐんと抱きついてきた。

テルの腕が伸びてくる。俺の首にまきついてくる。

春の気温で赤くなった顔がまっすぐに近づいてきて、テルの吐息が俺の唇にかかりそうになって、そしてぐぐいと一気に体を寄せて――

「うぐぇ!!」

「静かに！」

なんという悲劇か、抱き合う二人を阻む障害が俺を攻撃《こうげき》した。

てゆーか、間にはさまれた募金箱の角がまともに俺のみぞおちをえぐった。

なにこれ！　いまにも泣きそうなんだけど！

「ターゲットが出てきたぞ、顔を見られるなよ……！」

テルが小声で耳元に囁《ささや》いてくる。

服装だけでバレバレな気もするがテルはまったく考慮《こうりよ》に入れていないようなのでたぶんなんとかなるのだろう。

めぐるちゃんの方はどうごまかしているかと心配になり目をやると、なぜか柱と抱き合っていた。相思相愛だといいね、めぐるちゃん。

そしてようやく出てきたオジサンは、何をするかと思えば買ったばかりのオニギリをいきなりむしゃむしゃと食べはじめた。どいつもこいつも意味不明すぎる。もう帰りたい。

食べ終わると、オジサンは包装ビニールをゴミ箱に入れようとこっちに近づいてきたので、俺もテルも互いに顔を肩にうずめて隠した。こんな間抜けなスパイ映画観たことねーよ。

オジサンが再びてくてくと駅の方に歩き出したのを見て、ようやくテルと募金箱が俺から離《はな》れていった。これから俺の胃に何かしら異変が起こるとしたらそれは間違いなくテルのせいだと思う。

「フゥ……危なかったな、カモトキくん」

「お前のせいでな」

「しかしカモトキくん」

「なんだいテルちゃん」

そんなに顔を赤くして、ニット帽で目元を隠して、何をそんなに恥ずかしがるんだい。

高校二年の春になってようやく「恥じる」という概念を身につけたのかい。

「これは大事件だよ！」

「何が」

「街中で……往来で男女が二人抱きしめ合ってしまったね！　これは責任を取ってもらうしかないね！」

「そんなロマンチックな大事件が起きていたか⁉」

俺にはみぞおちを強打された覚えしかないんだけど⁉

そんなに嬉《うれ》しそうにされてもまったく共感できないんだけど⁉

体をくねらせ身をよじらせて何やら妄言を独り呟《つぶや》くテルを無視して、めぐるちゃんだけがマジメにオジサンの行方を目で追っていた。

「駅に行くみたいだよ！」

ひとりでオジサンを追いかけるめぐるちゃんにならって、俺とテルもその後ろを追う。

「来た道を戻っているな。駅の方に行ってどうするつもりなんだろう」

「駅に行って電車に乗るんだろ、馬鹿かお前は」

「あの男は駅から出てきたんだろ、電車から降りて募金してコンビニに立ち寄ってまた電車に乗る……そんなことがあるか。馬鹿か君は」

馬鹿は俺でした。

なんかすいませんでした。

「じゃあ何してんだろうな。ビジネスマンっぽいけど。営業かな」

「土曜日に手ぶらで営業回りをするサラリーマンがいるのか？　車で移動しているのならまだわかるが」

言われてみるとたしかに、あのオジサンは手ぶらじゃないか。どういうことなんだ。

めぐるちゃんはどう思うかな？

「わかった！　たったいま仕事の帰りで、日雇いのバイトで稼《かせ》いだばっかりの一万円を募金したんじゃない⁉　どうよカモくん！」

「違う……んじゃないかな」

自信はないけど。

金持ちでない、一万円札を募金、小銭を持っていない。それらを結ぶ答えが日雇いのバイトでは、見た目四十歳過ぎほどの男性に対してちょっと辛辣《しんらつ》ではないだろうか。というか、たったいま手ぶらだから仕事じゃないだろうって分析をしていた最中ではなかっただろうか？

テルにいたっては議論する価値もないといった素振りでめぐるちゃんの言葉を無視している。

めぐるちゃんとは普段仲良しのくせに、どうして今日はこんなに冷たく当たるんだ。

めぐるちゃんの言葉で議論が迷走する。堂々巡りになる。

めぐるちゃんの話を聞いていると、論理がいまどこを進んでいるのか途端にわからなくなってしまう。ただの分析が一気に過酷な難易度になる。まずいぞこれは、ただでさえテルは大量に情報を集めたがるタイプなのに、この二人の性質を足すとどう考えてもまずいぞ。

あのオジサンは普通のオジサンです、なんて結論はもはや期待できない。

というか、俺自身、なんだかあの男があやしく思えてきた。

金持ちでないのに高価な時計をつけている。

サイフに一枚しかない一万円札を募金する。

カバンもなしに休日の駅前をうろついている。

そして駅から出てきたのに再び駅に向かっている。

なんなんだあのオジサンは。すべてがあべこべ、合理は皆無。

「たしかにテルの話を聞けば聞くほど、あのオジサンがあやしく思えてきた。素晴らしい分析力だ、テル」

「そうだろ、そうだろ。もしかして好きになってきちゃった？」

「中年のおっさんに恋する趣味《しゅみ》はないな」

「違うよ！　私のことをだよ！」

そうならそうと先に言っておいてくれないと。

なんと気持ち悪い質問をする女だと軽蔑しそうになっちゃったぞ。

まぁテルの恋愛観はひとまず置いといて、問題なのはオジサンの方だ。その足はどうやら駅の構内を目指していない。その前にあるバスの停留所前に向かっているようだ。

「電車じゃなくバスに乗るつもりかな？　あ、コンビニで長々と時間を潰《つぶ》していたのはバスを待っていたからか！　よし、カモトキくん、めぐるちゃん！　同じバスに乗るぞ！」

「え、まだ尾行続けるの？　そろそろメシにしない？」

「バスが来る！　よし、もっと近づこう！　あの男が乗ったらすぐに走って乗り込むぞ！　慎重にな！」

反論は許されない。

その理由はテルの言葉が正しいからではなく、俺の立場が弱いからでもなく、正直に言ってあのオジサンの行動を監視《かんし》しながらテルのアホな分析を聞いているのがちょっと楽しいからである。こんなことを言うとやっぱりテルは調子に乗るのが目に見えているので、何も言わずについていく。

どうやらめぐるちゃんもいくらか楽しんでいるようで、小さく開いた口から時折笑い声が漏れている。

バスに乗る直前、ちらりとどこに行くバスなのかを停留所で確認すると、どうやら市内をぐるりと回ってテーマパークへと向かうバスらしい。予算をケチりすぎたらしく微妙にしか楽しめないという、市民自慢の遊園地『れじゃランド』である。素直に『レジャーランド』にしなかったあたり、まさしく赤村崎《あかむらさき》葵子《あおいこ》を生んだ街にふさわしいひねくれたネーミングセンスだと俺は気に入っている。

「しめた……一番前に座ったぞ、私たちは一番後ろに座ろう」

最前列の左側、オジサンは端っこにぽつんと座った。

荷物も持たず、連れもおらず、服装も簡素なのでなんとも背中が小さく見える。

中年男の孤独な姿というのはどうしてこうも哀愁を漂わせるものなのか、これこそテルに分析してもらいたい。

俺とテルは最後尾、五人並びの席を二人で独占して広々と座る。

なぜ二人で独占することができたかというと、よく話を聞いていなかっためぐるちゃんが暴《ぼう》走《そう》してオジサンのすぐ後ろに座ったからである。そんな直近にポジション取りしたらテルじゃなくても「こいつは妙だ」と分析しはじめちゃうよめぐるちゃん！

他の乗客はというと、後方におじいさんがひとり、真ん中辺におばさんの集団。七人もいるおばさんたちがそれぞれにぺちゃくちゃと優雅におしゃべりを楽しんでいるものだから、バスの中は中年女性の声が充満している。そのせいで、テルがいくらめぐるちゃんを呼び寄せようとしても一向にメッセージは伝わらなかった。

めぐるちゃんが振り返り、ちゃんと見張ってるぜと誇りに満ちた表情を見せたと同時にテルの動きが止まった。何かを諦《あきら》めたらしい。

「まぁいいか……めぐるちゃんはどうせあの男に顔を見られても困らないし」

俺とて人様に顔を見られて困るようなことはしていない。

募金活動を見られているから、という意味だとわかってはいるが一応ツッコんでおこう。

「小声で話そう、カモトキくん。レディたちの声のおかげで、私たちはナイショ話を楽しむことができそうだぞ」

「そうだな、お前は人に聞かれたくない話ばっかりするしな、良かった良かった」

「ははははは」

「あははは」

「ふふふふふがうっ」

「痛ぇ！」

やめろよ、最後尾で誰《だれ》にも見られてないからって俺の肩肉に噛《か》みつくのはやめろ。

数ある攻撃《こうげき》の多くを俺は許してきたが、頼《たの》むから噛みつくのだけはやめろ。その感情表現手段は幼稚園のうちに卒業しておいてくれ、マジで。

「ところでカモトキくん」

「なんだいテルちゃん」

「このバス、どこに向かってるか知ってる？」

「ああ、れじゃランドだって書いてあったな」

「いいねぇ、バスに乗ってお出かけする若い男女、二人の行き先は遊園地……ラブリーな日々

「二人の行き先は名前も知らないオジサンだろ……」

俺たちがいつ遊園地を目指したんだよ。

お前に言われてあのオジサンを追ってるんだろうが、目的を見失うなよ。

「そういえば……あのオジサン、どうして一番前に座ったんだろうな？」

「どこに座ったってオジサンの勝手だろ」

「席はいくつも空いているのにわざわざ一番前に座るものかな……」

「前から順に詰めていく、そういうしつけを受けてるんだよ、オジサンは育ちが良いからマナーがしっかりしてるんだよ」

「君はあのオジサンの何なんだ」

なんだろうな。

というかむしろお前が俺の何なんだ。

「やっぱり、普通は知らない人間のすぐ近くにわざわざ座らないよな……俺、めぐるちゃんを呼んでくる」

「えっ。走行中に立ち上がっちゃいけないんだぞ！」

「すぐだよ、ちょっと待ってろ……ん？　見ろ、オジサンがケイタイを取り出したぞ！」

「おお」

どのポケットから出したかは見ていなかったが、いつの間にか右手にケイタイが握られている。テルの言うところのレディたちがあまりに見事な会話劇を進めていたため着信音が鳴ったかどうかもわからない。

「見ろ、テル。画面を見てる……メールかな？」

「あれ、ケイタイをしまっちゃったぞ」

「いや、またケイタイを出したぞ」

「おや、またケイタイをしまっちゃったぞ」

「むむ、またまたケイタイを出したぞ」

面白すぎるだろあのオジサン。

なんで出したりしまったりするんだ。

この世の何に反発すればそんな面白い行動がとれるんだ。

「……………テル？　どうした、急に真面目な顔で黙《だま》り込んで」

「フ。なるほどな、いま、すべての答えが見つかったぞ、カモトキくん」

「本当か」

これでやっと俺は帰れるのか。

目的もあいまいにバスに乗る、そんな不安定な人生とはおさらばしたいと実は常々思ってたんだ。

「早くめぐるちゃんを連れてきてくれ。驚《おどろ》かせてやろう」

「わかった」

驚かせるってことは、普通の結論じゃありませんと言っているようなものじゃないのか。突飛な発想だとわかった上でそれを最終結論とするのか、すごい勇気だな。

素早く車内を移動し、オジサンに気づかれないよう静かにめぐるちゃんの肩を叩《たた》く。

さっさとこっちに来いと身振り手振りで示すと、何か勘違いしたらしくあわてて最後尾までめぐるちゃんが戻って行った。いや違うぞ、バレたとかバレてないとかじゃないぞ。

両脇に俺とめぐるちゃんが座ると、テルはようやく分析の結果を語り出した。

「分析は完了だ。驚かずに聞いてくれよ、カモトキくん、めぐるちゃん。あのオジサンの目的地はれじゃランドなんかじゃない。行き先は……」

「行き先は？」

緊張《きんちょう》の一瞬《いっしゅん》。

ごくり。

「彼は犯罪者の仲間で、これからその仲間と落ち合おうとしているものと推察される」

…………。

…………！

「どうしたんだカモトキくん。一週間かけて作り上げた細かく精密なプラモデルを悪友のイタズラで一撃《いちげき》のもとに粉砕された少年みたいな顔してるぞ。いつもののほほんとした顔はどうした」

「な、何でもない……！」

なんだ⁉　この気持ちはなんだ⁉

もしいま俺の手中に重量感のある鈍器があればそれが高価なツボであっても投げつけてしまいそうなこの気持ちはなんだ⁉　俺ってこんなに怒りっぽかったっけ⁉

「どっ……どういうこと！　なんか予想以上にオオゴトだよ、テル！　説明して！」

「フフフ。いいともめぐるちゃん、根拠を語ってあげよう、滔々《とうとう》と」

と、滔々と……⁉

言葉の意味はよくわからないがやめてほしい感じがするぞ！

「やはり問題はなぜあの男が一万円を募金したのか、そこに集約される」

「それで⁉　それで⁉」

「落ち着けめぐるちゃん！　情報を整理しつつ、もう一度今回の事件を振り返ってみよう！」

おお、事件と呼ぶには抵抗があるけど気にしないことにするから進めてくれ。

「駅前で私が行っていた手術費用の募金活動に一人の男が現れた。男は衣服にそぐわない腕時計を巻き、サイフの中に一枚しかない万札を募金して去って行った。その後男はコンビニに来店、ATMでお金をおろすでもなくただオニギリをひとつ買い食いし、再び駅前に戻ると今度はバスに乗った」

「うん！　うん！　そこまではわかる！」

「ポイントは四つ。一つ、派手すぎる腕時計。二つ、札が一枚しかないサイフ。三つ、意味不明に立ち寄ったコンビニ。四つ、バスの最前席」

うむ。俺には全然わからん。

犯罪の香りはかけらもしない。

むしろ一万円をだましとった挙句、尾行してストーキング行為に及んでいるテルの方が犯罪者と呼ばれるべきではないだろうか。

でもそうなると、俺と妹は共犯者扱いされる可能性があるな。やめよう、テルちゃん、君は潔白だ。

「これらを結ぶキーワード、それは『印象付け』だよ、めぐるちゃん！」

「印象付け！　どういうことっ！」

本気で言っているのか。

あんなどこにでもいる中年を印象に残す方が難しいのだが。

「腕時計は左手につけられていた。あの男は右利きだ。しかし募金箱に一万円を入れるときはわざわざ左手で行っていた。覚えているかなカモトキくん」

「そうだったか？」

思い返してみると、たしかにそうだったかも……。

「だからあの派手な腕時計が印象に残っているんだ。そしてその後『もう十一時半か』と聞こえよがしに囁《ささや》いたのも記憶《きおく》している」

「ほうほう」

「これらの行動が何を意味するのか？　私の分析が正しければ、彼は自分の存在を私たちに印象付けたかったんだ。十一時半ごろ、あの男が駅前にいたということを私たちに記憶させたかった……」

「印象に残したかった……ふーむ」

「そう考えればすべては辻褄《つじつま》があう。わざわざあんな派手な腕時計をつけていたこと、わざわざ時刻を発声したこと。それだけじゃないぞ、一万円という大きな金額を募金したことも記憶に残りやすいからだと考えられる。コンビニに入った謎《なぞ》の行動も納得のいく説明ができる。コンビニには防犯カメラがあるだろ、だからコンビニに行けば映像記録に自分の姿を残すことができるんだ。長い時間店内でうろついていたのは店員の印象に残るためだったのかもしれないな。そしていま現在、バスの運転席にもっとも近い位置に座ったことも同様の理由だ。後ろにいれば目立たないが、一番前にぽつんと座れば後部座席の客が誰《だれ》か自分のことを憶《おぼ》えていてくれるかもしれない……客だけでなく、もちろん運転手もな」

「おおう」

な、なんだ？

無駄に説得力があるな？

めぐるちゃんは両手をきつく握りしめながらテルの話を真剣に聞いている。めぐるちゃんが焦って警察に駆け込まないように気をつけなきゃならなくなってきたな。

「この時間帯に、この場所にいたという事実……それを証明する手立て、それこそがあの男の求めたものに違いない」

おお、なんだかそんな気がしてきたぞ！

言われてみるとたしかに印象付けようとして変な行動とりまくってるようにも思えるしな！

「でもなんでそんなことを……」

「うん、それが次の分析結果だ。なぜオジサンはこんな不毛にも思える行動をとったのか？答えは一つ、アリバイ工作！　推理小説の鉄則だよ、めぐるちゃん！」

「なるほどーっ!!　そいつは気づかなかった!!」

めぐるちゃんの反応が素晴らしい。

そのせいでテルが嬉《うれ》しそうに分析を続けているのがまた微笑《ほほえ》ましい。

「小説を基準に考えてもダメだろ、テル」

「おそらくだが、たったいま、どこか別の場所でオジサンによく似た格好をした男が何か悪さをしでかしているのではないだろうか？　そしてその男に捜査の手が伸びたとき、オジサンのとった行動が意味を持ってくるってわけさ、カモトキくん」

「あー、なるほど。『その時間には駅前にいました』、って言い張れる、と」

「その通り。フフ、人畜無害そうに見えてあの男、とんだ悪党だったな」

分析という名の想像で人のことを勝手にあれこれ言いまくっているテルの方がよっぽど悪党な気もするが、なるほどテルの言うことも一理あるような気がしないでもない。

「だから犯罪者の仲間なんて失礼極まりないことを唐突に言い出したわけだ」

「まぁ、犯罪かどうかは確信がないけどね。それでもアリバイ工作なんてしてるわけだから、たいそうな悪人とつるんでる可能性は高いな。分析終了だ、これで疑問点はすべて解消されたな」

「そうだな」

「どうしようカモトキくん、本当に敵が犯罪者だったら。私はしっかり法廷で証言するぞ。でもそしたら相手が殺し屋を送り込んできたりして……裁判の日まで修道院に隠れることにしようかな」

「妄想を理由に神につかえることにしたのか、罰当たりなヤツだな」

「神がいると思ってるヤツの方がよっぽど夢想家だ」

「罰当たりなヤツだな!!」

無宗教の国で育ったからと言って人様の宗教を小馬鹿にして良い理由にはならないぞ！

「静かに、騒《さわ》ぐなカモトキくん。ここからはいままで以上に慎重に行こう。めぐるちゃんも、私の指示に従うようにしてくれよ。バレないように、目立たないように……な」

「わかった」

それならやはり募金箱は置いてくるべきだったなと、そう言ったらテルはどんな顔をして怒るだろう。誘惑に打ち克って、なんとか沈黙《ちんもく》を保つことに成功した。

気づけば、バスが走って三十分以上が経《た》っていた。

そろそろ本気で腹が減ってきた。犯罪者かもしれない男を追いかけるのもいいけど、どこかきりの良い場所でこの遊びを終わらせることはできないものか。

窓の向こうに、観覧車が見えてきた。長々と話しているうちにもうこんなところまで来てしまったのか。

「もうすぐ終着だぞ、テル。れじゃランドが見えてきちゃったぞ」

「れじゃランドで仲間と落ち合うのかな？」

「アリバイ工作の直後、遊園地で遊ぶ人間なんているのかよ」

「いたっておかしくないじゃん」

なんでそこは「妥当でない」みたいなセリフが出てこないんだ。自分の都合に合わせて分析のスイッチをオンオフするのはやめなさい。

長々とした追跡の結果、ついにバスは一番最後の停留所まで辿《たど》り着いた。あとは戻っていくだけなんですが。

「もう着いちゃったぞ、れじゃランド」

「む、あの男も降りるみたいだなぞ！」

「そりゃそうだろうな」

男が降車する。まだしゃべり続けているおばさんたちを押しのけ俺たちが先にお金を払おうとする。まずめぐるちゃんが支払い、テルがその次に続く。サイフを取り出し小銭を数えている俺の前で、テルが——

「よいしょっと」

何をするかと思えば、テルがいきなり掲げた募金箱の上蓋をぱかっと開けるとそこから小銭をつかみだした。

「テル！　それはやめよう！」

「なんで？」

「見栄えが悪すぎるから！」

募金箱の中身を自由に処分してまわる女がいれば誰《だれ》でもそいつの品性を疑うぞ！

「カモトキくん、ぐだぐだ言っている暇はないんだ、早く行くぞ！」

「ぐぅ……！」

罪深い！　なんて罪深い休日！

そしてなんという悲劇か、背徳の後押しが俺の方にもやってきた。

「あ……ゲーセンで遊びすぎたせいで百円玉がない……」

「カモトキくん、あるぞここに、百円玉」

テルが指さしたのはもちろんお手製の募金箱である。

と、取り出せというのか……⁉

募金箱の中から百円玉を取り出せというのか……⁉

そんなことをしたら良識ある文明人としていろいろとまずいことになるんじゃないのか⁉

後ろからレディたちの声が聞こえてくる。やーねー、信じられないわぁ。俺だって信じられねーよ。

「カモトキくん早く、逃げられてしまうぞ！」

逃げるも何もこちらが勝手に追っているだけなのだが、たしかに時間的制約はまぬがれない。

背に腹は代えられない、ああ、ごめんなさい！

――大事な何かを失った気がする。

だけどテルにとってもっと大事な何かはいまだ目前をさまよっている。一足先にオジサンの尾行についためぐるちゃんに合流し、行き先を想像する。

「やっぱりれじゃランドに向かうようだね……カモトキくん、聞いてる？」

聞いてない。

指に力が入らない。

気のせいじゃないよこれ、大事な何かを落としてしまったよ。

「あっ！　見て、テル、カモくん！　きょろきょろしてる！　誰《だれ》かを探してるっぽいよ！」

めぐるちゃんの言葉になんとか体を起こして気持ちを奮い立たせた。そうだ、これは無駄な犠牲《ぎせい》ではなかったのだ。犯罪を止めるための必要な手順であったのだ。そうだ、そういうことにしよう。そうでもないとちょっと悲しいことになるもんな。

あれ？　待てよ？　テルの分析が正しいとすれば、このまま順調に尾行を続けたらいつしか俺たちはテルの言うところの『悪党』に出くわしてしまうのではないか？　ちょっと怖くなってきたぞ？

「テ、テル、もし本当に犯罪者っぽい人がいたらどーすんの？」

「どうするって、カモトキくん。逃げるに決まってるだろ」

「逃げられるのか？」

「盾におとりに、めぐるちゃんをうまく使えばなんとか」

「友人を障害物扱いするんじゃねーよ！　ほら、めぐるちゃんが傷ついちゃっただろ！」

「ひどいよテル……カモくん、もし私が殺されたら骨を拾ってね」

「わかったから殺されないように努力してください」

「拾って骨は宇宙に捨てて……」

「ハードル高ぇよ！　オーストラリアで我慢しろ！」

危機感のない連中だな！

もしものことを心配してるのは俺だけか⁉

どうすんだよ！　なんかヤバい事件に巻き込まれたりしたらどうすんだよ！　やっぱり警察に連絡とかした方がいいんじゃないのか⁉　なんで俺よりお前らの方がのほほんとした顔してんだよ！

「むっ！　見ろ、二人とも！　オジサンが誰《だれ》かと合流するようだぞ！　あそこだ！　ということはあれが、向こうにいるのが犯ざ……い……しゃ……」

駐車場《ちゅうしゃじょう》前にて、オジサンが会おうとしていた相手がついにその姿を現した。

車の陰から飛び出してきたのは、思っていたよりずっと小さなシルエット。

全速力でオジサンに駆け寄って、そして思い切りジャンプしてその首元に抱きついた。

「パパー！　おかえりー！」

……………十歳にも満たない女の子に見えるが気のせいかな。

「ねーおみやげはー⁉」

「ちゃんと買ってきたぞ！　明日の朝、荷物と一緒に家に届くからなー！」

手ぶらで歩いている理由がわかってしまった。

おみやげってことは、遠いところに出張でもしていたのだろう。

そして、遅れて女の子の母親らしき人物もやってきた。

「あらあなた、久しぶりに見たらやつれたわねぇ」

「いやぁ、長旅だったから」

「やだ、単身赴任先でもその時計着けていたの？」

「お義父《とう》さんにいただいたものだからね、どこへ行くにも着けているよ」

腕時計だけ高価な理由がわかってしまった。

そうだよな、よく考えたら腕時計ってプレゼントの品としても人気高いよな……。

絵に描いたような幸せ家族じゃないか……オジサンと似た格好をした男が現れるはずじゃないのかよ……。

手ぶらだったのは大きい荷物は郵送にしたから、腕時計だけ高価だったのは頂き物だったから、コンビニに寄ったのは待ち合わせの時間が決まっていたから。サイフにお札が一枚しか入っていなくてもこれから家族に会うなら問題ない。バスの最前席に座ることに理由なんていらない。

ってことは、あのとき一万円札を募金してくれたのは、やっぱりあのオジサンがものすごく良い人だからなんじゃ……。

「…………テル」

「なんだいカモトキくん。大好きだよ」

ごまかそうとしてんじゃねーよ。

「犯罪者がどこにいるっていうんだ」

「あえて言うなら、一万円札を返す機会を逸した私たちこそが犯罪者だな。詐欺」

しれっと言いやがって。

「テル」

「なぁに、めぐるちゃん。今日も可愛《かわい》いね」

「ありがとう……あれ、何言おうとしたか忘れちゃった」

ごまかされてんじゃねーよ。

「あ、思い出した、分析ゲームはこれでおしまい……なのかな」

「おしまいだね。あー楽しかったね！　今日も良い休日を過ごしたなぁ！　めぐるちゃんも楽しかったでしょ？」

「楽しかった！」

やっぱりごまかされてんじゃねーか！

なんだよ！　お前があのオジサンが怪しいっていうからこんなところまで連れ回されてやったっていうのに！　結局はなんでもない普通のオジサンを付け回しただけの無駄な時間を過ごしちまったんじゃねーかよ！

「あっそうだ！　予定を変更しよう！　映画はやめて、私たちも遊園地で遊んでいこうじゃないか！　そう、一万円札を返すためにもう少し後を追わないと！　ねーめぐるちゃん！」

「うん！　私、遊園地って久しぶりだなー！　楽しみ！」

分析が終わった途端にテルがめぐるちゃんに優しくなった。なんてわかりやすいヤツなんだ。

「カモトキくんも行くでしょ？」

「そう……だな……」

「ふふふ！　休日に若い男女が遊園地……これはもうラブラブカップルと称しても問題ないね！　カモトキくん、中に入ったらまず何に乗りたい？」

「バス」

「即帰宅⁉　なんでじゃー！」

……まぁ、犯罪者がどこにもいなくて良かったな、ハハハ……。

ああ、腹減ったなぁ…………。

【チャットルームにて】

Wilhelm：そんなことがあったんですか。大変でしたね。
トキオ：まったくです。結局オジサンはただの善人だったんですね
トキオ：一万円を平気で募金しちゃうんだからすごいです
Wilhelm：たぶん、本当はそこまで出す気はなかったと思いますよ
トキオ：え？
Wilhelm：テルは「印象付け」というキーワードで論理を紡いだようですが
Wilhelm：それはありえないですよね
トキオ：なぜ？
Wilhelm：なりすましをしたいなら、素顔をさらして防犯カメラには映らないですよね
Wilhelm：後から検証できちゃいますから
トキオ：あ
トキオ：じゃあなんで、万札を？
Wilhelm：たぶん、一万円札を募金したのはサイフの中にそれしかなかったからだと思います。
Wilhelm：サイフを出したはいいけれど、中に一万円札しかなく、引っ込みがつかなくなって出したんだと思います。

トキオ：いやいや、小銭の音がしてたじゃないですか
Wilhelm：トキオくんは、その小銭をきちんと確認しましたか？
トキオ：見てはないなぁ
Wilhelm：小銭はあった。だが募金することはできなかった。これなーんだ。
トキオ：……ゲーセンのメダルだった？
Wilhelm：ぶー。メダルの持ち出しは禁止ですよ。
Wilhelm：それに、サイフを取り出すところまでは小銭を募金する意思があったとみるべきです。メダルしかないならサイフを取り出した行為が不自然になります。サイフの中に硬貨が入っていると本人は考えていて、そしてサイフを取り出したが、実際には募金できる小銭がなかった……。
トキオ：五百円玉しかなかった！　もったいなかった！
Wilhelm：それなら、一万円札じゃなくてそっちを出しますよね
トキオ：降参です
Wilhelm：おそらく、「海外」というキーワードで結べば真相が正しく見えてくると思います
トキオ：海外ぃ？　唐突ですねぇ
Wilhelm：そんなことはありませんよ
Wilhelm：きっとそのオジサンが単身赴任していた先は海外だったのでしょう。

Wilhelm：腕時計は左手首にあったのだから右利きだと考えるべきですよね。そしてその小さなサイフは右胸のポケットに入っていた。なぜか？　小銭入れに見えるほど小さく、テルの目には安物に映ったそのサイフ。おそらく本当に小銭入れだったんですよ。スペアのサイフ、と言い換えてもいいでしょう。

トキオ：スペアのサイフ～？　普通そんなの持ち歩きますか？

Wilhelm：普通はしませんね。しかし日本と違って治安の悪い国にいるのなら、スリや恐喝の対策として複数のサイフを用意するのはよくあることじゃないですか？　日本人旅行者は標的にされやすいと聞きますしね。海外への旅行者なら普通は用意します

トキオ：お、おお

Wilhelm：海外で使っていたスペアのサイフ。中にあるのは小銭ばかり、もちろんそれは日本円ではなく、海外で使っているもの……

トキオ：ああ、だから

Wilhelm：日本に来る際、日本円をいくらか用意してきたでしょう。しかし、万という単位でお金を用意すれば硬貨は手に入らない。万札しかないなら、どこかで使用しない限りサイフの中身はお札だけ。交通機関も、ケイタイやカードを使えば小銭なしで移動できますよ、イマドキは。実家は日本にあるでしょうから、そういう手段を持っていてもおかしくないですよね

Wilhelm：これならコンビニに行った理由も説明がつきますね。バスに乗るには小銭がいる。しかし手元には万札しかない、それならどこかで崩そうと考えるのは当然のことです。

Wilhelm：だからわざわざ一度コンビニで、昼食の時間にもならないのにオニギリを購入《こうにゅう》した

Wilhelm：ついつい出した小銭入れ、中にあるのは募金できない外国の硬貨ばかり、そして一枚だけ、日本に来る前に入れておいた一枚の万札。一枚しかなかったのはあくまでスペアのサイフだから。もったいないかと思いながらも募金しちゃったんでしょうね、引っ込みがつかずに

トキオ：引っ込んでもよかったのに

Wilhelm：病気の子の身内が目の前にいたわけですから、同情心が強くあおられたのかもしれませんね

トキオ：う。俺のせいだったんですか……申し訳ないことをしたな

Wilhelm：募金の額がそのまま慈善心の大きさを示すわけではないですから

Wilhelm：気にすることはないですよ

Wilhelm：ちゃんとお金は返したんですし

トキオ：じゃあ、バスで一番前に座っていたのはなぜですか？　外国の風習？

Wilhelm：バスに酔いやすいから一番前に座りたがる人ってけっこういますよ

トキオ：えー？　そうなんですか？
Wilhelm：酔いやすい人じゃないとそういうこと考えないでしょうけどね
Wilhelm：まぁ、不安だというならもうひとつ
Wilhelm：何度かケイタイを出し入れしていたんでしょう？
Wilhelm：メールを読みたいけれど、ずっと見ていると酔ってしまうから、ちらっと見ては酔わないように目を離《はな》して……と、繰《く》り返し確認していたんでしょう
トキオ：ああ、そういうことだったのか
トキオ：なんつー面白いおっさんだと感動していたのに
トキオ：さすがですね、ヴィルヘルム
Wilhelm：初歩的なことだよ――なんてね
トキオ：もっと早い段階でヴィルヘルムの話を聞ければ、
トキオ：あんな無駄足を踏《ふ》むこともなかったんですけどね
Wilhelm：無駄足、ですか
Wilhelm：では、最後に、テルの名誉のために
Wilhelm：テルがはじめに直感したのは、犯罪者のなりすましなんてことではなかったと思います。テルはテルで、その男性を追いかけなければならない絶対の必要性を感じていたのだと思います

トキオ：どういうことです？

Wilhelm：疲れ切った顔をした中年の男

Wilhelm：休日なのにスーツを着て、鞄《かばん》もなしに駅前をうろついている

Wilhelm：結婚指輪をしているがワイシャツにはしわがありアイロンをかけてくれる人の存在を感じさせない

Wilhelm：そしてサイフの中にある唯一の一万円札を募金する

Wilhelm：もしかしたら自分は、人生に疲れた男が自暴自棄《じぼうじき》になり自分の財産をすべて処分する瞬間《しゅんかん》を目撃《もくげき》しているのではないか？　ここで見逃せば、もしかしたらこの男性は——自らの命を絶ってしまうのではないか？

Wilhelm：たぶんそれが、テルの直感した未来だったのだと思います

トキオ：なるほど……

トキオ：全然気づきませんでした

トキオ：だからあんなに強引に

Wilhelm：テルはたしかに強引なところがありますけれど

Wilhelm：必ずその根拠を示そうと努力しているでしょう？

Wilhelm：情報はいつだって私たちの前に提示されている

Wilhelm：そこから「何を気づいてあげられるか」は

Wilhelm：どれだけ他人に興味を持てるかということなのかもしれませんね
Wilhelm：形にはならなくとも
Wilhelm：想《おも》いは空回りしても
Wilhelm：人を救いたいという心は、駅前だろうと交差点だろうと
Wilhelm：どこにでも転がっているものなのだと思います
Wilhelm：以上、ヴィルヘルムでした！
Wilhelm：眠くなってきたので落ちますね
Wilhelm：ではまた

分析3

ディテクティヴを分析する

探偵

【たん-てい／detective】

他人の秘密を密かに探り当てること。またはそれを職業とする人。

余談だが、自ら探偵を名乗る人間を気安く信用すべきではない。その人はきっと、情報をもらすことの重大さを理解していないからだ。

放課後のグラウンドから、金属バットが白球をたたく音が聞こえてくる。快音だったからきっとソフトボール部の方だろう。うちの野球部はボールを打つのが得意だが、ソフトボール部はボールをかっ飛ばすのが得意だ。

図書室の隣《となり》にある第二会議室にいるのは俺とテルの二人だけ。窓ガラスの向こうでは青春の汗臭い声がびゅんびゅん飛び交っているが、こちら側では静けさが埃《ほこり》のようにたまっている。埃を巻き上げるのは、時折響《ひび》く将棋の駒《こま》の音。将棋盤《ばん》の上を暴力《ぼうりょく》と知性が自由に動く。テルはひとりで将棋の本を読みながら、誰《だれ》かの戦法をトレースしている。

俺はいくつか離《はな》れた席で、図書室から借りてきた適当な本を読みふけっている。今回はハズレだ、いくら読み進めてもどこが面白いポイントなのかわからない。名のある本だ、きっと俺の分析力が足りないんだろうな。

テルも俺も、口の開き方を忘れたかのように押し黙《だま》ってひとりの時間を過ごしている。これがいつもの将棋部、もとい分析部の活動だ。楽しいことなんて何一つない。

無為な時間が流れる中で、時々、本当に時々、いきなりテルが——

「会議に使うなら音が漏れることを想定すべきだろう。図書室の隣に会議室を置くのはどう考えても……不適切だ」

「ああ」

「なんでここが第二会議室なんだ…………不合理だ…………」

「ああ、不思議だな」

分析という名の思いつきを口にする。

ちなみに、ここが第二会議室と呼ばれているのはここが四階の端だからだぞ。四階だから荷物を運ぶには面倒で、物置にするには向いていないから何も持ち込まない、ものが無いから部屋自体に特徴がない、何もないなら人が入ることだけ想定しよう、というわけで会議室と便宜的に呼ばれているだけだぞ。先生に聞いたから間違いない。

バチッと高い音がして、銀がまたひとつ前に進む。テルは駒の中でも銀と桂馬が好き、ということは知っているが、銀と桂馬がどういう動きをするのかすら俺は知らない。

今日もテルはいつものようにニットキャップをかぶっている。授業中はさすがに脱いでいるが、放課後になってここに来ると必ずかぶる。そんなに頭が寒いのかと聞けば懐《ふところ》の方が寒いと答える。くだらないことばかり言うヤツだ。

「テル」

「なに」

「帽子は……部屋の中にいるときは脱いだ方がいいんじゃないかな」

「ん……はじめて会ってからもう一年になるよ。ここで一年ともに過ごしているのにいまさらじゃない？」

「他にツッコむべきことが多すぎてさ」

「一年の順番待ちをしてやっとそれか」

「そうなるかな」

「ふむ」

ふむ、じゃねーよ。

テルは将棋盤《ばん》から目を離《はな》さない。もちろん帽子はとろうとしない。

ちなみに俺も本から目を離さない。だけど読んでいるわけでもなく、ただ文字の上を視線がすべるだけ。テルより先に相手の方を向くのは悔しいからちょっと嫌だ。

「私のニット帽はトレードマークだって言ったじゃないか」

「なんで一般人にトレードマークが必要なんだ」

「必要だから特徴が生まれるんじゃない」

じゃあなんで特徴が生まれるんだい。生まれたときから帽子をかぶっているわけでもあるまいし。

「必要だから……特徴が……？」

ようやくテルは顔を上げた。自分で言った言葉を繰《く》り返しながら、頭の中で何かしらの処理をはじめている。テルのニット帽の下にあるものが、俺と同じものだとはとても思えない。仕事の内容が違いすぎる。

「分析完了だ、カモトキくん」

「おお、今日は早いな」

心底楽しそうな顔をして、棋譜《きふ》の流れなどすべて忘れて、テルは俺の隣《となり》の席まではねるように駆け寄ってきた。座ろうとしたんだか椅子を攻撃《こうげき》しようとしたんだかは不明だが、とにかく止まることを知らない勢いでテルは腰かけ俺に向かって語り出した。

「考えてみれば私はいつも不思議に思っていたよ。アニメや漫画のキャラはどうしてあんなに口癖《くちぐせ》や決め台詞《ぜりふ》が多いのかって」

「そういう話だったっけ⁉」

部屋の中でも帽子をかぶっていることはマナー違反じゃないかって話じゃなかったっけ⁉

「キャラ立てに求められるのは識別力だ。なんて言葉が適切かな……唯一性の確保、特殊性の作出、アイデンティティの確立、何と言うべきかは不明だがきっと役割は似たようなものだ。ああ、個性、というのが適切なのかな？」

「トレードマークがあるのは他人との差を識別する個性のためです、ハイ終わり」

「そこで問題だ。個体識別のために用いられる手段は果たして何でも良いのだろうか？」

「いいと思います、終了！」

「識別記号が何でもいいということは、たとえばカモトキくんが、語尾に『ゴワス』をつけるキャラだったとしても世界はそれを受け入れるということか」

「いいと思うでゴワス」

「馬鹿馬鹿しい」

「馬鹿の案を受け入れたらこうなったんだ」

じーっとテルがにらんでくる。いつもの流し目に冷ややかな印象をにじませて、威圧的に顔を近づけて。至近距離《きょり》で見られるとちょっとどきっとする。

「口癖《くちぐせ》とは言葉のかたより。言葉のかたよりは思考のかたより。思考のかたよりはすなわち人間性そのものだ。ゆえに口癖は内心的な個性の顕現《けんげん》であるべきだ」

「おいどんもそう思うでゴワス」

「つまり」

ついにテルがちょっと怒った。俺の肩に手を置いて、爪をくいこませてきた。分析が甘いぜ、学生服の上から爪を立てられても痛くはないんだ。

「口癖が個性を作るのではなく……個性が口癖を作るべきなんだよ」

「それはセンセーショナルな分析でゴワス」

「そうだろ。決め台詞《ぜりふ》もトレードマークもしかり、そう思わんでゴワス？」

「ツッコミどころを用意してくれなくていいんだよ！」

なんで無駄な反撃《はんげき》を仕掛けてくるんだよ！

「というわけでカモトキくん、私のニット帽、こいつはトレードマークとして適切、そういうわけだ」

「ニット帽から個性は感じねーぞ。テルの場合、隠すなら頭の外じゃなくて中にすべきだな」

「んっ！　カモトキくんは私の髪が好きだということ？」

「なぜ欠点には目をつむったの⁉」

なんでそんなにポジティブなの⁉

「この帽子があった方が、識別力が上がるでしょ？　わかりやすくなる、見抜きやすくなる。それはまるで透明な水面《みなも》に落とされた一点の墨のように。カモトキくんはさー、いつになったら私を見つけてくれるのかな？」

「は？　見つける？」

肩に爪を立てていた指がすーっと這《は》い動く。肩を後にして首をよじ登りあごを通りすぎて頰《ほお》に辿《たど》り着いた。そしてまた、強めに爪を立ててくる。ほっぺただとちょっと痛い。

「識別してほしいなー。差別化してほしいなー。透明な水面に落とされた一点の墨は……瞬《また》く間に広がるものだよ、カモトキくん」

「なんだか詩的でカッコいいことを言っているように見せかけて説き伏せた気になってんなよ」

墨は水には交わらない。

はっきりするどころかどんどんぼやけていくぞ。

とにかく、そんなくだらない日常を過ごしているときだった。トミノが血相を変えて第二会議室にやってきたのは。

壊《こわ》れそうなくらい強くドアを開け、隣《となり》が図書室だということも忘れて、トミノは思い切り声を張り上げた。

「トキオ！　テルさん！　助けてください！」

助かったのは俺の方だと、さすがにそうは言えなかったな。

＊＊＊

北棟四階には一年生の教室がずらりと並んでいるが、放課後ともなればさすがにどこもにぎわいを失い、第二会議室と変わらない状況だった。ただひとつ、妹の所属する一年C組をのぞいては。

「トミノちゃん……なんでこんなことになっちゃったの？」

「私にも実はよくわからないんです、テルさん」

一言で表すなら、熱狂。

放課後だというのに席はほとんど埋められており、議論とも口喧嘩《くちげんか》ともとれる激しい言い合いが繰《く》り広げられている。飛び交う言葉の端々から拾える単語をつないでみると、どうやらうちの妹がサイフを失くしたことが問題の発端らしい。

学級委員らしき生徒が二人、教卓の前で「落ち着け、静まれ」と叫ぶも誰《だれ》の耳にも届いていない。あいつが犯人、こいつが怪しい、俺は違う、私は知らない。なるほど、何やら事件が起こって犯人捜しをしているらしい。うちの妹のために？　人気者だな、我が妹は。

教室の後ろのドアから部外者が二人入り込んでいるのに、気に留めるヤツは誰もいない。どうやらこのゲームは相当白熱しているものと見える。俺も参加させてくれ。

「それで、私たちに何をしてほしいのかな、トミっち」

「分析部でしょう？　この事件を分析してほしいんです、テルっち」

「一瞬《いっしゅん》にして二人の距離《きょり》を縮めるのはやめろよ、まわりは混乱すんだよ」

「犯人捜しはお上か名探偵の仕事だと思うけど……頼《たの》まれちゃったものはしょーがないね！」

ドア付近に俺とトミノを残したまま、テルは教室中央にぐんぐんと歩き進む。喧騒《けんそう》の中に、狂乱の中に、その身一つで飛び込んでいく。

突然現れた乱入者に教室はざわめき、議論もいったん中断されたが静寂にはいたらない。真ん中の空いている席はきっとトミノの場所だ。テルはその机にためらうことなく腰かけ、誰《だれ》にともなく尋ねた。

「聞こう、諸君。私に何か言うべきことはあるか？」

一瞬《いっしゅん》にしてぽかんとした可愛《かわい》い一年生たちに代わって俺が言ってやろう。

このどアホ、どきなさい、おりなさい、退場しなさい。

「誰だよてめーは」

そこの少年、大正解。

実に明快なセリフがテルの背中を襲《おそ》った。テルに暴言《ぼうげん》を吐いたのはトミノの席の二つ左、威圧的な表情をした男子生徒。テルはゆっくりと振り返り、大胆不敵に笑って見せた。

「これはＣ組の問題なんだよ、関係ねー人は出てってくれ」

「一年生、上級生に向かって生意気な口を聞くねぇ。ボクシング部でもそれじゃあやっていけないだろう、気をつけた方がいいね」

「はっ⁉　な、なんで俺がボクシング部だって」

「君はさっき壁《かべ》にかけられた時計を見たな。そのとき目を細めていた。視力の悪い人間がよくやる癖《くせ》だ。時計を見るとき顔の近くに手を動かしたのはとっさにメガネに触れようとしたため。しかし、君はメガネをかけていない。普段からかけているにしては鼻にその跡が見られない。腰元にじゃらつかせているカギの中に自転車のカギがあるから視力矯正《きょうせい》をしていないわけがない。なら最近コンタクトにしたんだろう。ではなぜ変えた？　オシャレか？　違うね、髪にワックスすらつけていない、そして君は鏡をしつこく見る習慣がない。髪がちょっと乱れてるし、顎元《あごもと》のバンソーコーもズレてるよ。外見的理由でないならコンタクトにしたのはスポーツをするからだ。運動系の部活に新しく入ったからコンタクトが必要になった。そして時計を何度も確認してる、遅刻すれば先輩《せんぱい》や先生に怒られるからだ。運動系の部活で、コンタクトに変える必要があり、高校からはじめてもおかしくない競技で、君のように顎元にバンソーコーを貼る必要がありそうなのは、うちの高校じゃ、ボクシングだ」

「なっ……………」

「私は分析部部長、二年の赤村崎《あかむらさき》葵子《あおいこ》だ。あだ名はテル、そっちで呼んでくれてかまわないよ。加茂《かも》十美乃《とみの》に頼《たの》まれてこの騒動《そうどう》をおさめに来た。では改めて聞こう、諸君。私に何か言うべきことはあるか。データさえ寄越せば、私が正解をはじき出してみせよう」

権利は移転する。場の支配権はテルのものになった。

ざわめきと絶句の中で、テルはひとり不敵に笑いながら、情報提供を待っている。

「テルさんすごい！　さすが！」

うちの妹が尊敬のまなざしでテルを見つめている。

第二会議室の位置からすぐ下にボクシング場があるから、実はあの少年の名前すら盗み聞きしたことがある、という真実をあとでトミノに教えてやろう。彼の名前は石辻賢《いしつじけん》くん。正解を知っているんだからいくらでも理屈なんてつけ放題だ。ちなみに、さっきテルが話した内容からでは彼がボクシング部だと確定しないからね。言い当てたように見せただけだからね。

しかしハッタリだと知っているのは悲しいことに俺ひとり、テルのことを知らない一年C組の可愛《かわい》い新入生たちはころっと騙《だま》された。

「すげー！」

「何⁉ 分析部って何⁉」

「誰《だれ》なんだこの人！ 加茂《かも》さんの知り合い？」

テルの、詐欺師としての才能は群を抜いているように見える。友人として、君の善なる心がいつまでも失われないことを願っている。

ともあれ、一瞬《いっしゅん》にして聴衆《ちょうしゅう》の心をつかんだテルのもとに、情報が寄せられはじめた。

最初に口を開いたのは、ボクシング部の彼、石辻《いしつじ》くん。余談だが、彼がボクシングをはじめたのは好きな子がボクシングファンだからってことまで俺とテルは知ってるんだわ。君は声が無駄に大きいから、雑談してる内容がほとんど第二会議室まで筒抜けなんだ、ごめんな。

「加茂十美乃《とみの》のサイフが盗まれたんです。犯人がこのクラスの中にいるって言い出したヤツがいて……それで、犯人捜しをしているところです」

ごめん、たぶん落としたんだ。俺の妹は純情純真にしてとぼけた子なんだ。

当事者にして被害者なくせにトミノはどうにも緊張感《きんちょうかん》が欠けている様子。サイフが盗まれたからというよりは、クラスの混乱をなんとかしてほしかったから分析部に声をかけたのか？

「トミノ」

「なに、トキオ」

「お前サイフ盗まれたの？」

「そうみたい」

困ってはいるけどそこまで重大なことでもないよね、という姿勢をまるで崩さないトミノ。現状認識能力の欠如が甚だしい。もっと自分を好きになりなさい。

「たしか昼は学食を利用してただろ、もしかしてランチ抜き？」

「んーん。今日はたまたまお弁当を持ってきてたんだ」

「そうか」

兄の威厳を見せつけがてらメシでもおごってやろうかと思ったのに。

どうにもカッコつけられる場面が俺には回ってきそうにない。

「で、サイフの中身は？　いくらくらい入ってたんだ？」

「んー、五百円玉が一枚と、ギザ十が五枚」

どうもイマイチ本気になれない額だな。

なぜこのクラスの連中はこんなにも真剣になってくれているんだ。おかげでギャラリーを手に入れたテルがいつもよりはりきってしまっているじゃないか。

「落としたのではなく、盗まれた。それはたしかなのか？」

テルの疑問に答えたのは石辻《いしつじ》くんではなく、トミノの席のひとつ後ろ、テルのすぐそばにいた女子生徒だった。

「落としたなんてことはありえねーよ、赤村崎《あかむらさき》さん」

「君は？」

「神田《かんだ》なつみ。ありえねーんだよ、落とす機会がなかったんだから」

「どうしてそんなことが言える？」

「三時間目の終わり、トミノのカバンにサイフが入っていたことはあたしが見てる。小銭を借りたんだ。それ以降、トミノはサイフをカバンから出してない。サイフはずっとカバンの中にあった。だから落とす機会がなかったんだ」

「ふむ」

落とす機会がなかった、つまりは持ち運んでいなかった。貴重品を持ち歩かずに保管した気になっていたトミノが悪いな、これは。

そんなことより俺は神田なつみちゃんの方が気になって仕方ない。背が高くて足が長くてちょっと口が悪くて、知性を感じさせる顔立ちでテルをにらむ姿は実にスマートだ。テルとばかり会話しているせいか、落ち着いたしゃべり方をする子を見るとぐっとときめいてしまう。

「ありがとう神田なつみちゃん。これが窃盗だとしたら、盗めるタイミングがあったのかな？

誰《だれ》かわかる人がいるかな？」

　偉そうに情報を要求するテルに対して、神田なつみはもはや解答の意思をなくしていた。

　代わりに答えたのは、教卓の前に立っていた二人の学級委員のうち、気の強そうな女子の方だった。叫び続けたせいか顔を真っ赤にしているのがちょっとおかしい。

「あったんです、分析部の人！」

「私は赤村崎葵子《あおいこ》だと名乗ったぞ。愛称はテル」

「あ、ハイ。私は小坂月子《こさかつきこ》です、学級委員です。盗みのタイミングはあったんですよ、テルさん！」

　乱されない。

　教室内は乱れていたけど自分のペースは乱さない。

　体は小さいが器はでかい。なんと興味深い人材か。

　なんだかもじもじと細かい動きをしているのがどうにもハムスターっぽい。

「あのですね、四時間目は体育だったんですよ！　わかりますか、体育！　移動授業です！　男子はここで着替えて女子は多目的室で着替えて、そしてみんなでグラウンドにいたんです！　四時間目の間なら犯行は可能だったんです！」

「そうか」

「盗みのタイミングはあったんですよ！　テルさん！　そしてここを着替えに使ったのは男子

だからたぶん犯人は」

「う、うん、もういいぞ」

テルの声はこころなしか弱まっている。

理解が早くて、なおかつすぐに自論を破棄して他人の意見を聞ける相手がテルの好みだというのはよく知っている。だからテルが俺を相手に分析を披露《ひろう》したがるってのもよく知っている。

めぐるちゃんの件から察するに、小坂月子《こさかつきこ》のように強引な子も苦手らしい。

「いえ、言わせてください！　誰《だれ》も話を聞いてくれないからいままで黙《だま》っていましたが、井上《いのうえ》くんが怪しいですよ、テルさん！」

いつお前が黙ったんだと言いたくなるくらい叫んでいたと思うがそんな過去の話はもはやこの場に必要ない。個人名を挙げられるくらい犯人が絞れているなら、一度は彼女の話を聞く価値がありそうだ。

「なぜそう思う、小月《こつき》ちゃん」

「いや、あの、混じってます。小坂月子です」

「ごめん」

「なぜって、彼は四時間目の体育を休んでいたからですよ！　アリバイがなかったんですよ、アリバイが！　わかりますか、アリバイが！」

「わ、わかった」

テルの声がありありと弱まっている。

ロジックよりも声の大きさで議論に勝とうとする戦術が苦手らしい。

四時間目が犯行時刻だったという証拠もないのに、そんな適当なロジックで井上くんをいじめるのか、小坂ちゃん。

「で、井上くんというのは？」

「あ、僕です」

トミノの席から右ナナメひとつ前。

いま明らかに眠ろうとしていたまぶたの重い少年。反応の速さから察するに、寝たフリをしていやがったな。

「井上くん、犯人だと思われているようだが？」

「はぁ」

「体育の授業を休んでいたそうだね」

「病み上がりなんで、保健室で寝てただけです」

「それを証明してくれる人は？」

「保健の木村《きむら》先生……だけど先生は何度か保健室を離《はな》れたから、アリバイにはならないかも」

「しかし犯人と決めつけるには弱いな……うーん」

しかし井上くんはカッコいいな。男でも見とれるくらい顔立ちが整っている。それに加えて落ち着いた物腰に気難しそうな表情。自分でもなぜかよくわからないが、なんだかちょっとイラっとくるな。

「君とトミノちゃんの関係は？」

「動機ですか。ただの友達ですよ。部活も一緒なんで、そっちではいくらか話もしますけど」

「部活って」

「語学部です。洋書を読んだり英語でディベートしたり」

しかも語学に強いインテリときたか。こいつ、絶対女子に人気があるんだろうな。気に食わないぜ。お前が犯人だ。

ところで、トミノが語学部に入ったとは知らなかった。

英語ぺらぺらになったところで、トミノがアメリカ人と流暢《りゅうちょう》に会話ができるものだろうか。正直、アメリカンジョークを素直に信じ込んで失笑される姿しか思い浮かばない。隣《となり》できりっとしている妹に現時点の語学的実力の程を聞いてみる。

「トミノ、語学部に入ったの」

「うん」

「お前、英語できたっけ」

「恥ずかしながら、アイアムアペンくらいしかわからない」

まったくわからないってことか。三か月退部しなかったら褒《ほ》めてあげよう。

「あ、それと、テルさん」

「なーに、トミノちゃん」

「ひとつおかしな点があるんです」

「おかしな点……」

　事態をより混乱させる情報の出現にテルの目が輝《かがや》きを増す。

　ちなみにいまこの教室で最もおかしな点は俺とお前の存在だ。早く退散しようぜ。

「サイフはなくなっちゃったんですけど、カード類は無事だったんです」

「え。なんで」

「ポイントカードとか会員カードとか、そういうものは全部カバンの中に残ってたんです」

……………なるほど、おかしいな。

　だけど俺がそれを指摘してもどうにもならない。観衆は主役の言葉を待っている。わざわざ脇役の俺が口をはさむ必要はあるまい。

「ふーむ、とりあえず事件の概要はつかめてきたぞ。三時間目の終わりにはあったはずのトミノちゃんのサイフがいつの間にかなくなっていた、彼女はサイフを取り出していないから誰《だれ》かが盗み出したに違いない。四時間目の体育の授業をはじめ、盗む機会はいくらでもあり、誰にでも可能だった。なるほど、私の出番とみて間違いなさそうだ。ヴィルヘルムがそう囁《ささや》いている」

ヴィルヘルムってなんだ？

教室中で同様の疑問があふれかえっているのが手に取るようにわかる。それはテルの妄想だよ、と答えるのは実に心苦しいぜ。

「さぁ分析をはじめるぞ。目には見えない力と愛を、見つけ出してやろうじゃないか」

口癖《くちぐせ》が個性を作るのではなく、個性が口癖を作る。

決め台詞《ぜりふ》をカッコつけて言うことも個性の顕現《けんげん》と見てよいのだろうか……？

さぁテルの分析がはじまる、主役の言葉がようやく舞台《ぶたい》を支配する——という段階になって、またしてもはた迷惑な厄介ごとが、クラスに飛び込んできた。

「ちょっと待ったぁーっ‼」

慎みというものをかけらも持ち合わせない思い切りの良い声とともに、新たな乱入者は現れた。教室の後ろのドアから入ってきたのは全部で四人、男が二人と女が二人。どうせ乱入するなら待ったをかけるだけでなく、公権力をひっさげてテルに撤収《てっしゅう》を命じてほしかった。気の利かない連中だ。

四人の中で一番背が高く、一番純粋そうな目をして、一番頭の悪そうな女子がずずいと前に躍《おど》り出て、テルに詰め寄り人差し指を突きつけた。なんかもう行動からして馬鹿だ。いったい何をしに来たんだよ、めぐるちゃん……。

「こんなトコロで何をしているのかな、テル！」

身長差二十五センチ、上から見下ろすめぐるちゃんの顔は自信満々、天真爛漫《てんしんらんまん》。何をしてるって、お前こそ何をしているんだめぐるちゃん。

「もちろん分析の最中だ！　君こそ何の用だ、めぐるちゃん！　ここは知恵と論理の戦場だぞ、君には縁《えん》のない場所だ！」

「縁ならあるよ！　だからここに来たんだもん！　こんな面白そうな事件があるのに私に黙《だま》っているなんてひどいよ、テル」

「ごめんよ、君にひどいことをするのが大好きで」

「でも、窃盗事件なら実害が出ているんだよ。分析部なんて意味不明な連中が出る幕じゃないねっ！」

まったくもってその通りです。

いますぐにでも撤収したいからなんとかテルを説き伏せていただけないだろうか。

「では誰《だれ》がこの事件を解決するというんだめぐるちゃん！」

「もちろん私たち！　私たち探偵部に！　この場はあずけてもらおうか！」

「たっ…………」

テルが絶句する。俺も絶句する。アホだこいつ。

俺たちだけが混乱しているのかと思えば、クラス中の顔が「アホだこいつ」と言いたがっていた。

だけど俺の可愛《かわい》い妹は。

「探偵がこの学校にいたんですかーっ!! すごーいっ!!」

もういいよ、俺の妹が一番可愛いよ、俺が全額補塡《ほてん》してやるからもうサイフ諦《あきら》めろよ。これ以上場が良くなっていく気がしねーよ。

「探偵部だとっ！ 私は知らないぞめぐるちゃん！ どういうことだ！」

「ふっ、知らなくて当然、一昨日作ったばっかり！」

「私が分析部を自称して勝手に活動しているのが面白そうでうらやましくて自分も仲間を集めて部をつくっちゃったのか！ 涙が出るほど可愛いなめぐるちゃん！」

「ぐぐっ！」

図星をつかれて顔を真っ赤にしながらめぐるちゃんが後ずさる。高校生の身にして偉そうに他人を評価するのはどうかと思うが言わせてもらおう、君に探偵は無理だ。

「とにかく！ ここは私たちに任せてもらおうか！ 話はすべて聞いている！ 一年C組のみんな、任せて！」

一年C組の誰《だれ》ひとりとしてめぐるちゃんに期待の視線を送る者はなかったが、めぐるちゃんの視界は人よりちょっと高いのでそういうつまらないことは目に入らない。

「はじめての活動だからね、探偵部のメンバーをみんなにも紹介しよう！ まずは部長のこの私！ 草の根分けても情報を探し出す行動派！ 日本一背が高いミスワトソン、東道巡《とうどうめぐる》だ！」

「なにィ、こちらにだって、日本一のほほんとした顔のミスターワトソンがいるぞ！　カモトキくん、こちらへ！」

テルが笑いをこらえながら俺を呼ぶ。もはや事態の解決よりも混乱を望んでいるようにしか思えない。クラス中の視線を集めながら俺も中央へ行くと、後ろからちょこちょこと妹もついてきた。あ、そうか、あれお前の席か。

面と向かって対峙《たいじ》すると、めぐるちゃんの大きさが際立って見える。背も高いし、目も口も大きいので存在感だけで圧倒されそうだ。

「やぁめぐるちゃん」

「やぁカモくん。ちょっと痩せた？」

だが挨拶は忘れない。めぐるちゃんはちょっと頭が緩《ゆる》いだけで、中身はとっても良い子。

「お前らへぼ探偵部の戯言《たわごと》など、カモトキくんだけで論破してくれるわ！」

おかしなことになってきたな。

C組の諸君、そろそろ帰っていいぞ。

「良い度胸だ！　ではははじめよう！　まずは化学調査担当！　化学部からかっさらってきた一年生の近藤《こんどう》くん！」

「どーも」

「はじめてくれ！」

一年生の近藤くん、大人しく化学部に入っておけば良かったものを。年下だからと言ってめぐるちゃんに従わなければならないというのも辛かろう。トップに立つ人間の思考回路が宇宙人じみていたら、俺なら一気にすべてを諦《あきら》めるね。

近藤《こんどう》くんは妹の机の前に立ち、そしてカバンから霧《きり》吹きを取り出した。

「それは？　何の薬品？」

「ただの水です」

彼は机に水滴をかけると、きれいな白いハンカチでそれを丁寧にぬぐった。そしてハンカチを見て一言。

「机の上は汚れていないようです」

「…………！」

水拭きで掃除しただけだよな⁉

それのどこが化学的なんだ⁉

それに何の意味があったんだ⁉

霧吹きが使ってみたかっただけだろ⁉

ダメだツッコミどころが多すぎて何を言えばいいのかわからん！

「んっ⁉　待ってください！」

近藤くんはしゃがみこむと、妹のカバンに顔を近づけ鼻息を荒らげだした。

事と次第によっちゃその鼻っ柱蹴《け》りつけるぞこのやろー。

「何か臭いがしませんか？」

「気のせいだろう」

「気のせいじゃないですよ！」

「じゃあ君のせいだろう」

「どういう意味ですか!?」

ええい、そうでないとしたらなんだというんだ。

「わかった！　これアーモンドだ！　アーモンド臭がします！」

「アーモンド臭？」

「アーモンド臭と言えば青酸カリだ！　間違いないです！」

「なに!?　青酸カリ!?　死体もないのに毒物が!?」

こいつ頭大丈夫なのか!?

俺がおかしいのかと思い周囲を見回すと、C組のみんなもその意外過ぎる化学分析に目を丸くしていた。めぐるちゃんだけが満足そうにうなずき、テルにいたっては笑いをこらえてぷるぷる震《ふる》えだしていた。

「めぐるちゃん、ダメだこいつは、推理するに値しない！」

「そんなことはないぞカモくん。青酸カリが使われたということは、怪しいのは被害者と一緒に食事をした人間だ！」

「俺の妹が致死毒を盛られた前提で話を進めるんじゃねーよ！」

どう見てもぴんぴんしてるだろ⁉　きりっとした顔で俺の後ろにいるだろ⁉

めぐるちゃんの素晴らしい推理を聞いて、申し訳なさそうにトミノが事情を説明し出した。

「あの……アーモンドの香りがするのは、五時間目の家庭科の授業でアーモンドバターを使ったからだと思います……」

アーモンドバターってことは、五時間目は調理実習だったのか？　ということは、五時間目も席は空いていたということになる。

化学調査担当のなんとかくんはアホだったが、情報収集という観点からは役に立ったな。それだけでよしとしよう。さぁ下がれ。

「間違うこともあるよ！　次！　現場検証担当、写真部からレンタル移籍《いせき》してきた本堂《ほんどう》くん！」

「ちぃーっす」

東道《とうどう》・近藤《こんどう》・本堂。混同しやすすぎる、とっとと解散しろ。

名前だけじゃ識別力が足りないな、お前ら誰《だれ》かニット帽をかぶり続けてくれ。

しかし実は、俺は本堂についていくらか知っている。去年は同じクラスだったし、趣味《しゅみ》が同じだったのでゲーセンで会ったことも何度かある。ただ、めぐるちゃんレベルの頭脳だった覚えしかないのが厄介だ。

元・写真部のくせにカメラすら持ってきていない本堂がなぜ現場検証担当を押しつけられているのかは不明だが、本堂はノリノリで調査にとりかかった。

「うーむ」

唸《うな》っても思考は発展しない。

本堂が妹のカバンを持ち上げいろいろな角度から見て、そして何もなかったらしく元に戻す。次に机の中をガサゴソとあさり、何もなかったらしく元に戻す。現場保存という概念は持たないらしい。

本堂が机に触った。そして顔をぐぐっと机に近づけた。

普段は俺の妹が使う机なんだからな、事と次第によっちゃそのまま机に鼻っ柱たたきつけてやっからな。

「お！　見ろ、カモ！」

「なんだ」

「証拠がばっちり残ってるじゃねーか！」

本堂が机の隅を指さした。

行方の端に、シャーペンで『あ』と落書きの跡があった。

俺にはわかる、これは妹の筆跡じゃない。別の誰かが書き残したものだろう。

「ふふ、カモ、これで何がわかると思う？」

「化学調査担当のお前の後輩《こうはい》が役立たずだということがわかったな」

汚れがあったのに見落としたわけだからな。

「そうじゃねーよ！　こいつは……ダイイングメッセージだ！」

「なに⁉　ダイイングメッセージ⁉　窃盗事件なのに⁉」

もう嫌だ！

馬鹿すぎてお話にならない！

俺がおかしいのかと思い周囲を見回すと、C組のみんなもその意外過ぎる現場検証に目を丸くしていた。素晴らしい反応、このクラスの連中は実に付き合いがいい。笑うどころか怒りに身を任せてこいつに殴りかかってもおかしくないくらいの出来事がいま目の前で起こったと思うんだけどな。

それでもめぐるちゃんだけは満足そうにうなずき、テルはやっぱり笑いをこらえてぷるぷる震《ふる》えていた。

「めぐるちゃん、ダメだこいつも、推理するに値しない！」

「そんなことはないよカモくん。これがダイイングメッセージだとしたらもう犯人は決まったも同然！」

「俺の妹が死に際に文字を書いた前提で話を進めるんじゃねーよ！」

めぐるちゃんはどこから調達したのかクラスの出席簿《ぼ》を眺めながら、特定できたという犯人の名前を読み上げた。

「これでわかったね……犯人は井上《いのうえ》くん！　君だ！」

たぶん間違っているとは思うが名前を挙げて犯人だと指摘された井上くんは驚《おど》いて立ち上が
った。

「あの、いや、僕じゃないです」

「おいおいめぐるちゃん、あてずっぽうで盗人呼ばわりしたらかわいそうだろ」

「何を言う、カモくん！　ここに犯人の名前が書いてあるじゃん！」

「いや、『あ』としか書いてない」

「『あ』と言ったら、五十音で『い』の上じゃないかぁ!!　『い』の上、井上が犯人だと示す証
拠だ！　これは犯人を直接に示す最重要な手がかりだったんだよ！」

馬鹿だああああああああああああ!!

こいつ馬鹿だああああああああああああああああああああ!!

もう嫌だ！　笑えない！　馬鹿すぎて笑えない！

問題の解決に絶望を感じている空気が教室内に満ちている。

「これは無理だ、探偵部とか無理だ、テルの方がまだマシだ！」

「まだマシってどういうことだカモトキくん」

「いますぐにでも主導権を分析部によこせ！　もう諦《あきら》めるんだめぐるちゃん！」

俺の口振りに必死さを感じたか、ようやくめぐるちゃんにもいまの状況が理解できたらしい。

つまり……探偵部という謎《なぞ》集団はまったく役に立たないのでとっとと出て行ってもらいたい、って状況が。

「ま、待って、ラストチャンスをちょうだい！　最後のひとりがいるんだ、もともと文芸部にいた大戸三雫《おおとみしずく》！」

「よろしくお願いします」

探偵部の最後のひとりが無理矢理前に押し出されて、乗り気でないのを隠そうともせずに俺の前に立ちはだかった。いかにも幸の薄《うす》そうな顔で、幸の薄そうな人生を歩んできたのであろう深みを感じさせる雰囲気をまとって、彼女はぺこりと丁寧に頭を下げた。

なんとも地味な感じのする子だが、体の一部に関してはおそろしく自己主張が激しい。どことは言わないけど。品性下劣な人間だと思われたくないので、できるだけ目線を下げないようにしておこう。

あれ。

ところで、もともと文芸部にいたってどういう意味なんだ？

「あの、あなたはなんで探偵部に？　どんな役割を？」

「私はただの文芸部員です」

「え？　探偵部じゃ」

「めぐるはそう言っていますね」

「…………自称ですか⁉」

「自称ですね。文芸部なのに探偵部を名乗っているだけですので」

なんということだ、将棋部なのに分析部を名乗っているだけの俺たちは何も文句が言えない……！　何かないか、この幸の薄そうな女子を困らせる致命的なツッコミどころはないか！

困った顔が見たいんだ、俺は！　俺は、この子の困った顔が見たいんだ！

あ。

「あれ？　あれあれあれ？　情報収集担当のめぐるちゃん、化学調査担当の一年生、現場検証担当の本堂《ほんどう》、文芸部員の三雫さん……だけですか？」

「そうです」

「肝心の探偵役はいないんですか⁉」

「いないです」

「いないんですか⁉」

情報収集担当しかいなくていいのか⁉

ひとりで勝手に情報収集して分析して結論を出して検証をしてオチまで担当するうちのテルを見習えよ、ひよっこ探偵どもめ。

探偵なしの探偵部という画期的なメンバー構成はテルの口をも大いに歪《ゆが》ませてくれたらしい。

「はははははは！　探偵がいないのに探偵部を名乗っているの⁉　どこで修業すればその笑いのセンスは手に入るんだめぐるちゃん！」

「ぼっ、募集中だから！　そのうち名探偵を見つけるから！」

「甘いことを抜かすなめぐるちゃん！　名探偵なんてものは実在しないんだよ！」

「なにっ⁉　するかもしれないじゃん！」

「しないね、なんでも解決してくれる名探偵なんてのはこの世に存在しやしないんだよ！　それともめぐるちゃん、ホームズが実在したとでもいうのかな？　ポアロが、コロンボが、クリスティが実在したとでも言うのかな？　馬鹿馬鹿しい！」

「いやいやクリスティは実在したよ⁉」

珍しくめぐるちゃんの方が正しい。アガサ・クリスティは作家だろ。ポアロ書いた人だろ。

おやおや待てよ、よく考えたらエセ探偵部は名探偵を求めているのか。ちょうどいいじゃないか、うちのテルなんてどうだろう。論理的な話は大好きだし推論は得意だし、積極的に事件の解決に乗り出すもの好きな性格だし、なにより自分の話を聞いてくれる相手を求めている。

将棋部、文芸部ともに損をしないトレードではなかろうか。

あとで取引を持ちかけてみよう。テルをあげるから代わりに三雫《みしずく》さんをくれ。はかなげで幸の薄《うす》そうな顔の美少女と交換なら涙をのんでテルを送り出そう。

しかしいまはもっと大事な妹のために議論を尽くしている最中である。まずは三雫さんの困った顔を見るのが先だ。

「それで……あの……三雫さん」

「はい？」

羽毛のように柔らかに、彼女は目を細めて微笑《ほほえ》んだ。なにか違うぞ、いまは窃盗犯を探している最中ですよ。もうちょい真剣な目つきをしてもいいんですよ。

「探偵部として、その、何か、推理とかありましたら、その」

「そうですねぇ……」

「はい」

「そもそも、なんでクラスみんなでこんな話し合いをしているんですか？」

「そんなレベルまで議論を差し戻すんですか⁉」

何十時間の余裕をもって話し合うつもりなんですか⁉　それより僕と踊りませんか⁉

なんだこの空気⁉　戦わずして俺勝っちゃったんじゃないか⁉

不利を感じためぐるちゃんは迅速に敗北を認めてくれた。

「やるなカモくん……！　探偵部の部員たちがことごとく論破されるなんて」

「ロンパ？　論破⁉　論理的な議論が一度でもされたっけ⁉」

「さすがね、日本一のほほんとした顔のミスター・ワトソンなだけはある」

「やめてください！　そのフレーズが流行《はや》ったら悲しすぎるんでやめてください！　ホントお

願いします！」

なんなんだよ、テルが口を開くたびに俺に不幸が降りかかってないか⁉　あいつのあだ名はテルで固定なのに、なんで俺だけ変なキャッチコピーをつけられなきゃならないんだ！

「結局、探偵部が証明してみせたのはひとつだけ、めぐるちゃんがアホ可愛《かわい》いということだけだったな……」

「真面目な顔してそんなこと言うなよテル……」

悲しくなるじゃないかよ。

ところが当然、俺やテルよりもよっぽど悲しんでいるのはC組の諸君である。議論が大幅に遠回りしてしまったことに苛立ちを隠せず、ついにはまとめ役の小坂月子《こさかつきこ》がクラスを代表して声を張り上げた。

「はい！　学級委員として言わせてください！」

「どうぞ、小月《こつき》ちゃん」

「いや、テルさん、混じってます。小坂月子です。これ以上探偵部の皆さんに任せてもいたずらに時間が過ぎてしまうだけだと思います！」

正直は美徳だ。年功序列から実力主義へと社会が移り動いていく様を象徴するかのように、小坂月子は探偵部に失格の烙印《らくいん》を押して方法の改善を試みる。探偵部がっていうか、めぐるちゃんがいろいろと失格。

「探偵部がいらっしゃる前は良い感じでしたよね！　ですから！　できれば分析部さんの方がメインで検討を進めていただきたいと思います！」

　そこまでテルのことを信用していると絶対に痛い目を見ると思うが、いまはそんなことも言っていられない。まずはめぐるちゃんから指揮権を奪い取るのが先だ。

「だってさ、めぐるちゃん。私たち分析部に頼《たよ》りたいというのがこのクラスの総意らしいぞ」

「ぐっ……！　そんな馬鹿な……！」

「子どもは寝る時間だぜ、下がってな。フフフフフ」

　現在時刻は午後五時をわずかに過ぎたところ。

　どこまで発育段階を遡ればいまが寝る時間と言えるのかは明確でない。

「ではあらためて、分析開始だ、カモトキくん。見せよう、分析部の底力を」

「底力どころかまだ基礎《きそ》体力すら見せていない状況だと思うががんばろう」

　トミノのために。

　さぁ、がんばろう。俺は特にやることもないが、テルを無理矢理働かせることに関してはきっとこの世に俺以上の人間はいないだろうから。

　さぁさぁようやくはじまるぞ、分析部の本領発揮じゃ、うちのテルの実力を見よ。満を持して議論の中心に返り咲いたテルが口を開いたその瞬間《しゅんかん》に、またしても議論を中断する妨害者が現れた。

教室の後ろのドアから顔をのぞかせていたのは、美浜《みはま》先生だった。

「おやぁ。お前らまだやってたのか」

「美浜先生……？」

「あれっ。なんで赤村崎《あかむらさき》が……あれっ？　なんか二年生がたくさん紛れ込んでるな？」

この学校に所属する英語教師が何人いるかは把握していないがその中で最も教えるのが下手なのは誰《だれ》かと問われれば間違いなくこの女だと俺は推断する。若い女教師でありながら子どもの気持ちになって接するということをするつもりもなく、ただひたすらに英文を書かせ書かせ書かせ続けるだけの手抜き授業で有名な美浜先生。去年この人に教えを受けたおかげで、俺は死ぬほど英語が嫌いになった。

この女が担任教師とは、まったくもって運の悪いクラスだ。

「なんだなんだ、まだサイフが見つからないのか？」

見える、見えるぞ。

ガキのサイフなんてたいした金額入ってないんだからとっとと諦《あきら》めろよという血も涙もない本音が透けて見える。たしかにトミノのサイフには五百円ちょいしか入ってなかったらしいけど、本人にとっちゃ一大事なんだぞ、きっと。わざわざ分析部に助けを求めに走ってきたくらいなんだからな。

「このクラスでサイフを落としたのは今日だけで二人か？　一人目の方は見つかったのにな。

まったく、ホントにものをよくなくす連中だなー。自分たちで解決しようとしてるならそれでもかまわないけどな。んで、ちょっと男手がほしいんだ。二、三人連れてってもいいかな」

男二人。さて、誰を行かせるべきか。

テルとめぐるちゃんが顔を見合わせた。

「分析の最中だ、このクラスの人間には欠けてほしくないね、めぐるちゃん」

「いてもいなくてもいいカモくんに頼《たの》もうよ、テル」

「いると有害な探偵部から人を出すべきだ、めぐるちゃん」

「ひ、ひどい」

「挙手をとろう。分析部より探偵部に残ってほしい人、挙手」

だるまさんがころんだ。

C組の一年生たちはぴくりとも動かない。なんと正直で、ノリの良い連中が集まったものだ。強靭《きょうじん》な団結力をもった素晴らしいクラスメイトたちだなぁ。

「よし決定。そっちの近藤《こんどう》と本堂《ほんどう》に行ってもらおう。では美浜先生、二人をこき使ってください。馬車馬のように。ボロ雑巾のように」

「うん、借りていくね。他のヤツらも、あんまり遅くならないようにするんだぞ。学級委員、あとは頼んだ」

「はいっ！」

小坂《こさか》が元気よく返事する。

美浜《みはま》先生に良く思われてもきっと通信簿《ぼ》には良いこと書いてくれないぜ。

そして先生はすぐに出て行ってしまった。

さぁ、舞台《ぶたい》は整った。探偵部のおかげで情報は集まってきている。さぁ分析をはじめよう。というわけでテル先生、よろしくお願いします。

「よし。じゃあ始めよう。まずは動機がちょっと気になるんだよね。落としたのではなく盗まれた。だとしたら、なぜ、トミノちゃんのサイフは盗まれたのかな」

「金が欲しかったからだろ。泥棒の事情なんて知るかよ」

神田《かんだ》なつみが吐き捨てるようにそう言うと、テルはぐるりと首を回してにこりと笑った。

「いいや、泥棒の事情が問題なんだよ、ガンバ松井《まつい》ちゃん」

「誰《だれ》だよガンバ松井って⁉ 神田なつみだっつってんだろ！ 語感で人の名前を憶《おぼ》えんじゃねーよ！」

「サイフはカバンの中に入っていた。ってことは、外からじゃサイフがあるかどうかなんてわからなかったってことだ。だけどなぜか狙われたようにトミノちゃんのサイフは盗まれた。犯人は、トミノちゃんがカバンにサイフを入れっぱなしだったことを知っていたんじゃないかな」

「別に知らなくても、片っ端から調べたってこともあるだろ」

「片っ端から調べたとして、教室のど真ん中に位置するこの席に辿《たど》り着くものだろうか？　みんな聞いてくれ！　この中で、犯行可能時刻にカバンの中にサイフを入れていた人は手を挙げてくれ！」

まばらに手が挙がる。

思ったよりも、サイフをカバンに入れたままにする子って多いんだな。

「防犯意識の低い子がそろっているみたいだね、ここは」

「だからなんだってんだよ？」

「私ならすぐに逃げ出せるようドアの近くか、廊下から見えにくい窓側の席を狙う。標的が誰でも良かったのなら、真ん中から調べようとは思わない。無差別にサイフを盗もうとしたとして、この教室には二つのドアがあるが、ドアから入ってすぐの最前列か最後列から調べるのが通常だろう」

「別にそうとは限らないだろ」

「そうだね、限らない。たとえば犯人がこの席の近くに座っている誰かだとすれば、真ん中から調べるのもおかしくはないね」

トミノの後ろの席に座る神田なつみの顔を見て、テルはにたりと気持ち悪く笑った。

「なっ……私が犯人だって言いたいのか⁉」

「ランダムに標的を選んでいない、と言いたいんだよサンバ祭りちゃん」

「神田《かんだ》なつみだっつってんだろ！　音で憶《おぼ》えるな、音で！」

「標的ははじめから加茂十美乃《かもとみの》だったと考えるのが妥当だろう。それならこの事件は計画的な犯行によるものだ。トミノちゃんが学食のメニューではなくお弁当を食べたのは偶然によるもの、先に想定することができないからそれは犯行のタイミングではない。おそらく窃盗の瞬間《しゅんかん》は四時間目の体育の授業中だ。昼休みや移動授業ならばサイフを持ち歩くことが可能だが、体育着を着て外に出るならサイフを持ち歩くことはあまりない。犯行時刻は四時間目と考えていいだろう。標的が予定されていたことからこれは金銭目的ではなく私怨によるものである可能性が高い」

すごい！　相対性ってすごい！

さっき探偵部の話を聞いていたせいか、テルがすごく賢《かしこ》く見える！

建設的に見える議論のはじまりは、教室に再びざわめきをもたらした。窃盗事件を解決しようとする気持ちがクラスに戻ってきた。

「体育の時間ってことは、犯人は教室を使っていた男子たちの誰《だれ》かですか、テルさん！」

「体育の授業中の荷物管理については女子同士の方が詳しい。だから犯人は女子、と考えることもできるね。犯人の性別を特定することは難しいと思うよ、小月《こつき》ちゃん」

性別さえ特定できれば女子の自分は帰宅できると考えたな、小坂月子《こさかつきこ》。甘いぞ、せっかくの遊び相手をテルがむざむざ帰したりするわけがない。

「もうひとつ、残されたカード類について分析してみよう。なぜカード類はサイフから取り出されたのか？」

「カードなんて盗んでもしょうがねーからじゃねーの？」

ボクシング部の石辻賢《いしつじけん》くんがそう言うと、テルは嬉《うれ》しそうにそちらに向き直った。

どうやら今日は一人で考え込むのでなく、みんなの話を聞きつつ結論を探していくスタイルをとるらしい。

「泥棒にとって価値がないからといって、わざわざ取り出す理由にはならないよ。サイフの中に入れっぱなしでもいいのに」

「カード類だけは勘弁してやろうと思った、とかじゃねーか？」

「ただでさえ小銭しか入ってないサイフなのに？　ずいぶん優しい泥棒だな」

「ありえないことじゃないだろ」

「ありえないね。私怨による犯行であればそんな温情をかけるのは不自然だ。金銭目的であれば、カード類を出してサイフを持っていくより金を取り出してサイフを置いていく方が早い」

「じゃあ泥棒なんてはじめてだから焦ってたとか」

「計画的犯行である可能性が高い……と言ったじゃないか。計画通り盗めているのに何を焦ることがあるんだ。まだ反論できるかな、石辻くん」

「むむむ……」

私怨による計画的犯行。

はじめからトミノのサイフが目的だった。

そこまでわかったとして、それが犯人の特定につながるものだろうか？

「私怨でも金銭目的でもないなら、もしかしてサイフそのものに用があったのかな。トミノちゃん、サイフはどんなものだった？」

「普通のサイフです。特に高価なものでもなかったです。二つ折りで、ファスナーがついてて、ベージュ色の」

「サイフ自体は特別なものではない、か。うーん……。そもそも、サイフはいまどこにあるんだろうな？」

いまさら何を言い出すんだこいつは。

できるだけテルにすべてを任せて傍観していようと思っていたのについ口を出してしまった。

「どこって……犯人が持ってるに決まってるだろ」

「持ってるわけないだろダーリン」

「誰《だれ》がダーリンだ」

「盗んだサイフをいつまでも犯人が持っているはずがない。サイフを見られたら犯人だとバレるでしょ。だから普通はサイフの中身だけを盗むか、サイフごと盗んだとしても中身を抜いたら捨てるのが通常さ。しかし実際には、サイフがまるごと盗まれた上に、入れ物が捨てられるようなこともない……なぜか？　犯人はリスクを覚悟でいまでもサイフを持っているのか？　それとも他の可能性があるのか？」

どんどん可能性が飛散していく。情報が収束している感じがしない。テルがどう考えているかはわからないが、俺にはもう迷宮入りする未来しか思い浮かばない。これ以上議論を続けるより、クラスみんなから十円くらいカンパしてもらって解決ってことにするわけにはいかないかな。

「あのー……」

先ほどまでの失態により自分の信頼《しんらい》が地に落ちたことを自覚してか、そろそろとめぐるちゃんが手を挙げて、静かに静かに発言した。

「サイフがどこにあるかって話なんだけど、職員室前に落とし物を置いておくコーナーがあるよね？　あそこにはもう行ったのかなーなんて」

む。

言われてみれば検証していなかったな。

「トミノ」

「なーに、トキオ」

「職員室前に行ったのか？」

「うん。放課後になってから行ったよ。だけど、今日は何も届いてないって事務の人に言われちゃった」

「そうか」

やることをちゃんとやったうえでクラス全体を巻き込んでいるんだな。解決のために俺たち分析部を呼び出してもいるし、自分でできることはやろうとしているんだな。えらいぞ、トミノ。

「じゃあさ……」

またもやめぐるちゃんがそろそろと手を挙げる。

身長が百八十を超えるめぐるちゃんはただでさえ人目を引くので、動きを抑え気味にしてもまったく問題なく目立ちまくっている。

「クラスの誰《だれ》かを疑ってるんだよね。それなら、クラスのみんなの荷物検査とかはしたのかなーとかなんとか思っちゃったりして」

むむ。

めぐるちゃんにしては慎重な姿勢だ、たしかにその確認は必要だ。

「荷物確認くらいしたんじゃないのか？」

意外そうにつぶやくテルに答えたのは学級委員の小坂《こさか》。

「してないです。しようと思ったら分析部が突入してきたので……」

「…………むむ」

時として利は理にまさる。

考えることを放棄したとしても、望む結論が得られるならそれでもいいじゃん！

「じゃあみんな！　カバンを机の上に出して！　隣《となり》の席同士で中を確認しあいましょう！」

小坂月子《つきこ》が指揮をとって荷物検査がはじめられた。テルは不満そうだったが、荷物検査をやめさせる理由は思いつかなかったらしく渋々と従った。

ところが――

「待ってください！」

クラス中を黙《だま》らせる大声を上げたのは、探偵部を名乗らされている文芸部員。幸の薄《うす》そうな顔をした女子生徒、大戸《おおと》三雫《みしずく》だった。

「申し訳ありません、荷物検査の前に、ふたつ質問したいことがあります」

「三雫？　検査のあとじゃダメなの？」

「ダメ。いまじゃなきゃダメなの、テル」

ん……あだ名で呼び捨て？

テルと大戸三雫は知り合いなのか？

去年も今年も、同じクラスではなかったはずだけど。

「学級委員さん」

「はい？」

「クラスのみんなに居残るよう頼《たの》んだのはあなたたちですか？」

「あ、いえ、誰《だれ》かが言い出しまして、混乱しはじめたので私たちがおさめようと」

でもできなかったと、そういうわけか。

「それが何か？」

「いえ、ありがとうございました。ではもうひとつ、クラスのみなさんに聞きます。先ほど美《み》浜《はま》先生は、『このクラスでサイフを落としたのは今日だけで二人だ』と言いました。一件目についで聞きたいんです。この中に、今日サイフを落としたという方はいらっしゃいますか？」

だるまさんがころんだ。

誰も手を挙げない。誰も反応しない。

美浜先生の勘違いだったのか？

そもそもその質問にいったい何の意味があるんだろう。トミノ以外の人間がサイフを落としたからと言って、だからなんなんだ？

俺にはまったくわからない。だけどテルには、その質問の意味するものが伝わったようで、表情を一変させていた。

「識別力……！」

「識別力？」

口癖《くちぐせ》は個性が作る？　それは部室で雑談してたときの言葉だろ？

テルが目を閉じ何かをつぶやく。

分析が加速する。

思考が形を成していく。

そしてテルが再び目を開けたとき、そこに映っているのは疑問ではなく自信の光だった。

「ふっ、ははははは！　なるほど！　喜べ一年Ｃ組！　すべてわかったぞ！」

「本当か、テル！」

「分析完了だ。驚《おどろ》かずに聞いてくれ、レディースアンドジェントルメン。加茂十美乃《かもとみの》のサイフを盗んだ犯人、それは……」

「それは？」

緊張《きんちょう》の一瞬《いっしゅん》。

ごくり。

「東道巡《とうどうめぐる》！　めぐるちゃん、君こそがこの事件の犯人だっ！」

…………………。

「…………………？

「どうしたんだ諸君。十年来の師匠に裏切られた弟子みたいな顔してるぞ。解決は目前だぞ、喜んでいいのに」

喜べるわけねーだろ⁉

ハッタリにもほどがあるだろ‼

「テル！　どういうこと！　なんで私が犯人なの！」
名指しで犯人扱いされためぐるちゃんも当然おかんむりである。

「よろしい、根拠を説明しよう。まずはめぐるちゃん、君は二年E組だな」

「うん、テルと同じ」

「二年E組の今日の四時間目は世界史、先生が盲腸で休んでいたので自習だった……抜け出す機会はあったわけだ」

「テルも同じクラスじゃん！　私、テルの前の席に座ってたじゃん！　テルだって、私が邪魔《じゃま》で前が見えないってわめいてたじゃん！」

「いいや私は記憶《きおく》にない。君を監視《かんし》し続けていたわけではないからな」

「ええーっ⁉」

「教室から抜け出すことができたなら犯行は可能だったんだ。もちろん犯行現場の状況もきちんと調べていたはずだね。君は学籍名簿《がくせきめいぼ》を持っているくらいだ、このクラスの席順や時間割を手に入れることはそう難しくない」

何がどうなっているのかC組の生徒は誰《だれ》ひとりわかっていないと思うが、いつの間にか犯人と探偵の直接対決がはじまっている。犯人側がめぐるちゃんという時点で勝敗はすでに決まっているような気もするが……。

「で、でも、なんで私がそんなことを！」

「動機か？　一昨日作ったばかりの探偵部、自分たちで事件を見つけ出す力量がないから、事件を作り出す方向に走ったんだろ。かわいそうな探偵め、求めたのは真実ではなく活躍《かつやく》の場だったとは、不届きな」

「ぐっ……！　でも、わざわざトミノさんを狙う理由は⁉　私、あの子のことなんて知らなかったのに！」

「トミノちゃんに恨みがあったわけではないだろう。大事なのは彼女の人脈。トミノちゃんの周囲で事件が起きればどんなことが起こる？　被害者がトミノちゃんだったことで、今回はどんな事態になったかな？　答えられる人はいるかな、はい、神田《かんだ》なつみちゃん！」

「……トミノが兄貴に助けを呼んだ」

「その通り！　トミノちゃんの行動により私たちが呼ばれ、このくだらない推理ごっこがはじまった！　この状況をいちばん楽しんでいたのは誰だったかな？　私が呼ばれたことで最も楽しんでくれたのは誰だったかな」

「ぬぬぬ……！」

一番楽しんだのはおそらくテルだと思うが、反論できないところを見るとめぐるちゃんも相当楽しかったらしい。

「机の上の『あ』という文字、これを書いたのもめぐるちゃんだろう。事件のど真ん中に暗号なんてものを埋め込みたがるのは推理作家とへぼ探偵くらいのものさ」

「それを私が書いたって証拠でもあるの！」

「フフ、『あ』なんて文字から井上《いのうえ》くんを摘発するのはたぶんこの学校で君だけだよ。答えをあらかじめ想定している人間、すなわちこの文字を書き残した人間でなければそんなデタラメな回答はできない」

犯人の根拠は『馬鹿だから』。

めぐるちゃん、こいつは言い逃れができそうにないぜ。

「さらに決定的なのは、探偵部がこの件に絡んできたこと。それ自体が犯行証明に等しいね」

「ど、どういうこと⁉」

「私たちは被害者であるトミノちゃんに頼《たの》まれてここに来た。しかし君たちはどうだ？『話は聞かせてもらった』と言いながらここに来たな？　しかしいまこの状況を見ろ、クラスの全員がここにいるんだ、誰《だれ》が君たちに話を聞かせてやれるというんだ？」

「えっ、違う、美浜《みはま》先生だよ！　美浜先生が教えてくれたんだよ！」

「ありえない。美浜先生は『このクラスでサイフを落としたのは』と発言した。サイフは落とされたんじゃない、盗まれたんだ。先生は正しくこの事件を認識していないし、わざわざ探偵部に捜査を依頼《いらい》するほどこの問題を真剣にとらえてはいないんだ」

「い、言い間違えたんだよ、先生が！」

ええい言い訳とは見苦しいぞめぐるちゃん。

素直に罪を認めなさい、どうせ冤罪《えんざい》なんだから。

「私はもう説明したぞ。めぐるちゃんには犯行が可能であったことも、動機が存在したことも。あとは確たる証拠さえあればこの事件はおしまいだ」

「あ、あ、あるの、証拠なんてものが！」

「あるさ。私の分析が正しければ君はいまでもトミノちゃんのサイフを持っている。さらに、机に『あ』と書き残したのは君かもしくは探偵部の誰かであるはずだから、筆跡を調べることができれば十分に立証は可能だ。行ってみようじゃないか、探偵部、いや、文芸部の活動場所である南棟の二階に！　立てC組の諸君！　スタンダップみなさん！」

テルが大げさに合図する。手を上下させ、クラスのみんなを立たせようとする。

わざわざ隣《となり》の校舎までクラス全員引き連れていこうとするテルの提案に、わずかながら反発の声が上がった。

「クラス全員で行くんですか？」

「この事件の解決を私に任せると、君たちはたしかに了承したはずだ！　私は泥棒なんてものが許せない！　解決は派手な方が良い、三流探偵が三流怪盗に成り下がるその瞬間《しゅんかん》を、みんなで確認してやろうじゃないか！」

「で、でも」

「クラス全員が居残って議論を交わしていたんだから、数人だけで犯人が捕まる瞬間《しゅんかん》を楽しもうなんてのは無粋も良いところだよ。さぁ立てみんな！　全員で行くぞ、ひとり残らず行くんだぞ！」

大所帯を引き連れて謎《なぞ》解きがしたいだけ、分析結果をお話ししたいだけ、それだけのために強引にでも全員を連れて行こうとするテルの思惑はクラスの数人にも勘付かれていることだろう。

「だが、荷物を置いてこの教室を空にすると別の泥棒が出てくるかもしれない。カモトキくん、君はここに残ってくれ」

「おお、わかった」

「それに探偵部の三雫《みしずく》。君も残ってくれ」

テルにしては最高の人選と言わざるを得ない。歓談《かんだん》しながら、テルの分析が間違いだと証明されるのを待つことにしよう。

「待てよ！　あんたの言うことが正しいなら同じ部のそいつだって共犯じゃないのか？　どうしてそいつを残していくんだ！」

「それは違うね、石辻《いしつじ》くん。三雫が絡んでいるなら今回の十倍は難しい暗号を残していくはずだよ」

「ど、どういう意味だ？」

「三雫は文芸部で、ずっと推理小説ばかり書いているからね。私は三雫の作品を読んだことがある！ こいつは、こんなもん解けるわけないだろってくらいえぐいトリックばかり書いているんだよ！」

大口を開けて目を見開いてテルが叫ぶように石辻くんに言い聞かせる。

ロジックなんてかけらもない言い分だが、石辻くんはテルの気迫に気圧《けお》されてそれ以上は言及しなかった。

テルが先頭に立ち、めぐるちゃんの手をつかみながら教室を後にする。ぞろぞろと、だらだらとクラスの全員がそれに続く。小月《こつき》ちゃんが早く早くとみんなを急《せ》かすせいで、しれっと教室に残ろうとした生徒も教室から追い出されていく。俺と三雫さん以外のすべての人が、教室からいなくなった。

二人きりだ。さて、どんな話題を切り出せば女性を楽しませることができるものかと頭をひねらせていると、三雫さんがすぐに教室のドアに向かって歩き出した。

「では行きましょう、トキオくん」

「え、行くって？ ここに残らないの？」

「しなければならないことがあります」

三雫さんはためらうことなく教室を離《はな》れ、俺にはわからないどこかに向かって迷いなく歩き出した。追って歩くも、行き先は俺にはわからない。

　廊下を進む。歩調は速く、三雫《みしずく》さんはわずかに焦っているようにも見える。

「どこに行くんですか？　しなければならないことって？　めぐるちゃんの弁護はしなくていいの？」

「めぐるは犯人ではありません。サイフを盗むなんてことをする子ではありませんし、その現場に戻って探偵役を演じるなんて器用なマネができる子でもありません」

「それだけの理由なら、テルの方が説得力ありましたよ」

「……テルはあれが計画犯罪であると断言しているのに、めぐるの犯行時刻については自習という偶発的要素を計算に入れています。めぐるの動機についてはあなたの妹と分析部の存在を挙げていましたが、あなたに妹がいるのをめぐるが知ったのは今日、美浜《みはま》先生に話を聞いたときです。それに妹さんがテルを呼び出したことも偶然であって計算の利くことではありません。さらに、探偵部が作られたのは一昨日です。私たちはまだ探偵部としての活動を何も行っていないんですよ。それなのに、最初から犯罪性の高い窃盗事件を作出してそこに乗り込むなんてことをすると思いますか？　時期尚早ですよ。ついでに言うと、テルの言う『確たる証拠』も見つからないでしょう。筆跡鑑定《かんてい》などしても意味がありません。あの文字は太さから判断するにシャーペンではなく鉛筆で書かれたもの、めぐるも私たちも鉛筆を持っていません。サイフなど絶対に見つからないとテルもわかっているはずです」

「う……納得しました」

だけどその代わり、納得できない問題が出てきたらしい。

この子、いったい何なんだ？

気づけば、先ほどまでのはかなげな印象が消えている。瞳《ひとみ》に意思を宿らせて、強い思考に導かれて、彼女はひたすら進んでいく。なかば小走りになりながら、どこかに向かって、隠しきれない焦燥《しようそう》に突き動かされながら前に進む。

「……トキオくん。この事件、何かおかしいとは思いませんでしたか」

「え。カード類のこと？」

「いいえ、場のことです」

「場？」

「トミノさんのサイフを盗む機会はいくらでもあった、このクラスの人間なら誰《だれ》でもできた。その上目撃者《もくげきしや》がおらず物的証拠も存在しない。犯人が誰か、いつ犯行に及んだのか……こうして話し合っているだけでそれを特定することはほぼ不可能に近いと思われます。しかしこのクラスの人たちはなぜかそう考えていなかった」

「はぁ」

「やはり一番の問題は、なぜクラス全体で話し合うような状態が出来上がっているのか、そこだと思います。誰かのサイフが盗まれたとしても、教員の命令でもないのにクラス全員が居残るような状況は普通見られません。部活がある人間はそちらを優先したがるだろうし、こんなくだらない騒《さわ》ぎを繰《く》り返していたらあきれて帰る人間が現れてもおかしくないです。でもなぜか誰も帰らなかった……」

「言われてみれば……どういうことです？」

「自然にこの状況にはならない。それならば誰かが作り上げたと考えるべきでしょう。この状況の裏には統率者がいます。全員を帰らせないように、誰かが仕組んでいる」

「統率者？」

「少し大げさな表現かもしれませんが。誰が、どうやっているのかはわかりません。クラス内での発言力が強いだけ、ということもありますね。その人が帰ると言い出さないから、真剣に議論しようとしているからクラスのみんなもきまりが悪くて帰れないのかもしれません。とにかく、クラス全体に強い影響力《えいきょうりょく》を持つ人物がいて、その人物こそがこの事件を引き起こした犯人だと思われます」

「まとめ役ってことは、学級委員が犯人ですか？」

「学級委員はクラスをまとめきれていませんでした。残念ですが、犯人の方が高い求心力を持つとみるべきです」

「うーん。それで、統率者がいるとどうなるんですか？」

「これが誰かの意図的な行動によるものであれば、そこには目的があるはずです。全員を帰らせずトミノさんのサイフを見つけ出すことに犯人はメリットを感じている」

「サイフを探してる……優しい人？」

「自分でサイフを盗んだのに、それを探させているってことですよ。優しさは関係ないでしょうね。ではなぜそんなことをするのか？」

「自分でもサイフがどこに行ったかわからなくなった、とか？」

「良い推理です。でもそれだと、クラスの中にあることだけはわかっていないとおかしいですよね。それに、このような公の舞台《ぶたい》を作出してしまえばサイフが見つかっても自分の手元には戻らない。トミノさんに返されるはずでしょう？」

「う、うーん」

「私の……私とテルの判断はこうです。サイフを見つけさせることこそが犯人の目的だった。ゆえにそれなら犯人は盗んだサイフを手元に置かずしてあの状況を作り上げているはずです。ゆえに犯人はいまサイフを持っていない、荷物検査はするべきでない」

なんだ、この話は？

この子はいったい誰《だれ》なんだ？

探偵部を名乗らされているただの文芸部員……違うのか？

「なんでそんなに推理できるのに黙《だま》ってたんですか？」

「私、言ったじゃないですか。なんでこの状況ができたんですかって。めぐるとトキオくんがすぐに話題を流してしまっただけです」

う……そうだったかもしれない。

あのときは他の探偵部員たちがあまりに間抜けな推理をしていたものだから、てっきりその流れを汲《く》んだ発言だったのかと思って。

「じゃあ、犯人が持っていないなら、サイフはどこにあるんです？」

「おそらくその答えはきっと美浜《みはま》先生が知っているはずです」

「どうしてそんなことが言えるんですか？」

「美浜先生の言葉を思い出してください。『このクラスでサイフを落としたのは今日だけで二人だ』と、そう言っていましたよね」

「それが何か？」

「しかしあなたの妹さんは落とし物置き場で『今日は何も届いてない』と言われています」

「あっ……あれっ⁉　どういうことだ⁉」

トミノの前に、クラスの誰かがサイフを落としたはずだ。だけどそれは職員室に届いていない。ということはいまだに見つかっていない？　そちらも解決していないのか？　いや、それならトミノだけが特別扱いでクラス中の議論の的になっているということに……あれあれ？

「一人目の方は解決した、と美浜先生は言っていましたがこれはトミノさんの発言と一見矛盾します。ふたりの言葉を信じた上で妥当な解決を探るなら、もう一件の遺失は職員室で管理されたわけではなく、美浜先生だけが知っていると考えればいいんです」

「美浜《みはま》先生だけが」

「そう。もしくは美浜先生とそのそばにいた何人か。誰《だれ》かがサイフを落としたことを、先生だけが知っている。そして落とし物置き場に届けられていないのだから持ち主は見つかったと考えるべきです。美浜先生は、自分が拾ったサイフをそのまま持ち主に返した」

「おお………」

「しかしここでまた矛盾が生まれます。あのクラスに、なくしたサイフを届けられた人物はいなかった」

「あ」

「美浜先生、もしくは美浜先生のそばにいた人物は落とされたサイフを拾って持ち主に届けているはず。しかし届けられた持ち主はいない。その矛盾を解消する答えこそが、きっとこの事件のカギを握っているはずです」

そこまで話したところで三雫《みしずく》さんはようやく足を止めた。辿《たど》り着いたのは職員室だった。

ドアを開けて中に入り、真っ先に彼女が声をかけたのはもちろん——。

「美浜先生！」

「お？　どうした大戸《おおと》、何の用だ？」

「お忙しいところすみません、いくつかお聞きしたいことがありまして」

「おお、なんだ？」

「もうひとつの落とし物についてなんですが」

「ああ、サイフか。昼休みにちゃんと返してやったぞ。あいつはいなかったから、机にかけてあったトートバッグに放り込んでやったよ」

「それは、誰のサイフでしたか？」

「知ってるから来たんじゃないのか？　まぁかまわんが」

「それで、その人の名前は」

「井上《いのうえ》だよ、井上。あいつ、ああ見えてとぼけてるからなー」

＊＊＊

テルたちが調査を終えてしまわないうちに急いで教室まで戻り、誰もいないのをいいことに井上くんのカバンを漁《あさ》ってみると、たしかにサイフが見つかった。二つ折りで、ファスナーがついていて、ベージュ色のサイフ。これは間違いなく――トミノのサイフだ。

「どういうこと？　井上くんが犯人だったのか？　彼がトミノのサイフを盗んだのか？」

「違います」

三雫さんが冷静に否定した。あまりにも冷静で自然な否定だったので自分が否定されたことに一瞬《いっしゅん》気づかなかった。テルの大げさな表現に慣れ過ぎてしまったのかもしれない。

「サイフが彼のもとに届けられた、それだけのことです。井上《いのうえ》くんは窃盗犯ではありません」

「じゃあなんでこいつのカバンにトミノのサイフが?」

「識別力、とテルは表現していましたね。最後のピースはきっとこの中に入っているはず……」

三雫《みしずく》さんはサイフのファスナーをゆっくりと開けて、中を調べるとすぐに一枚の紙を取り出した。

「論より証拠ですね。どうぞ、トキオくん」

渡されたそれは、紙ではなく写真だった。

井上くんが嬉《うれ》しそうに笑っている姿が映っている。卒業式の写真だろうか、制服姿で校門の前で不器用な笑顔を作っている。

「これを犯人が入れた、ってことですか」

「折れ目の様子を見ると、たぶん元から入ってたんでしょうね」

「え」

トミノが、井上くんの写真をサイフの中に入れていたのか?

兄にはそういうことを話してくれないのか、トミノ………。

「荷物検査をされていたらと思うと……危ないところでしたね」

「ああ、井上くんに冤罪《えんざい》がかけられなくて良かった」

いや、小坂月子《こさかつきこ》には冤罪をかけられていたけど、まぁそれはおいといて。

「今回はテルのお手柄ですね。あの状況からよくデタラメを並べてみんなを連れ出せたものです。どうぞ、トキオくん」

　三雫さんは俺にサイフを渡すと、これで仕事は終わったとばかりに大きく息を吐いた。

「サイフは見つかった……これで解決ですね。あとで妹さんに返しておいてください」

「はい。でも、なんで犯人はわざわざこんなことを？」

「カード類が抜き去られていたでしょう。カードが一枚でもあれば、サイフの本当の持ち主がトミノさんであると美浜《みはま》先生もわかったはずです。しかし美浜先生が拾ったときにはこの写真と小銭しか入っていなかった。だからサイフは井上くんに届けられた」

「な、なるほど」

「カード類は意図的でなければ取り出されることはありません。それにこの写真、たぶんもっと奥まった場所に隠すように仕舞《しま》われていたのでしょうが、いま見たときはファスナーを開けてすぐ見える位置にはさまっていました。犯人は、サイフの持ち主が井上くんであると勘違いさせるためにこんな小細工をしたんだと思います」

「なんだか意味不明な計画ですね……こんなことをしてどうするつもりだったんだろう」

「……サイフを盗むまでは計画的に見えますが、盗んだ後の処理は雑もいいところです。たぶん、とっさに考えたことなんでしょうね。サイフの中に井上くんの写真を見つけて、ついやってしまったんでしょう」

「どういうこと？」

「気づかせるため、情報を公にするため、でしょうか。順を追って犯人の行動をなぞってみましょう。犯人はまず計画的にトミノさんのサイフを盗むことを企てます。そして四時間目の最中にうまく計画を完遂するも、サイフの中に井上《いのうえ》くんの写真を見つけてとっさに考えを変える。カード類だけをカバンに残してサイフをどこかに捨てることにした。誰《だれ》かが拾って中身を確認してくれさえすれば、サイフは井上くんのもとに、そして彼はそれが自分のものではないと知る、誰かが自分の写真をサイフに隠していると知る……トミノさんにとっては、あんまり知られたくないことですよね。しかし実際には美浜《みはま》先生がサイフを拾い、それを井上くんのカバンに放り込むのを見てしまった。そして井上くんがそのことに気づかないまま放課後になってしまった。だから次の案を考えた。クラス全体を巻き込んで、窃盗犯として井上くんを吊るし上げる方法を」

三雫《みしずく》さんが犯人の一連の行動を一気に説明してくれた。

犯人が、もう一度説明してくださいと言いたくなるような複雑で面倒くさい行動を取っていることだけはわかった。

あらかた説明を終えて、気を緩《ゆる》ませるように息を吐いて、三雫さんは元の表情に戻った。はかなげで、幸の薄《うす》そうな、ただただ優しく微笑《ほほえ》むだけの表情に。

「ギリギリのタイミングでしたね。推測が正しければ、の話ですけれど。まったく……テルは昔っから答えを出すのが遅いんだから。気づくことができたって、間に合わなければ意味がないのに……」

友達のイタズラを叱《しか》るような口調で、三雫さんはテルのことを語る。やっぱり、この二人は？

「昔からってことは、やっぱりテルと知り合いだったんですか？」

「………親友、です。たぶん、いまでも」

たぶんって、どういうことだ？　テルと彼女の間に何かあったのか？

「とにかく、事件は終わりです。あとはクラスのみんなが戻ってくるのを待ちましょう」

テルとのことを聞きたい。

だけど、きっと彼女は答えてくれないだろう。

「どうしました？　何か質問でもありますか？」

「えーっと……じゃあ、そもそもなんで犯人はトミノのサイフを盗んだんですかね？　サイフを盗んだあとのことは井上くんの写真を見て気持ちが行き過ぎたからだってのはわかったんですけど、サイフを盗もうとした理由ってわかってませんよね？」

「ああ、それなら。たぶん取引に使うために、でしょうね」

「取引ぃ？」

「サイフがとられていれば、指定された場所に行かざるを得ないでしょう？」

「え、トミノを呼び出すつもりだったのか？」

「一度目は無視されてしまったから、でしょう」

一度目？

無視された？

いったい何のことだ？

一度目ってもしかして——あのラブレター事件のことを言っているのか？

いつだったか、トミノはラブレターを偽造して俺を屋上まで移動させ、自分は呼び出された場所に行かずに告白を断ろうとした。それのことを言っているのか？

でもおかしいじゃないか。あれは、俺とテルしか知らないはずだ。チャットルームで会話しただけだから、誰《だれ》かが立ち聞きしたなんてこともあり得ない。それならなんでこの子がそれを知っているんだ？

「それはいったい——」

——どういう意味だ？

そう聞こうとしたそのときに、テルが、

「あああああ聞こえてたら助けてカモトキくん!!　ああああああああ!!」

叫びながら、全速力で教室前の廊下を走り去っていった。

「何やってんだあいつ……」

「あれだけ大見得きって分析を開陳したのに、クラス全員をあんな遠い場所まで歩かせたのに、めぐるを摘発したのが大嘘《おおうそ》だとバレたから……テルは謝るのが嫌いなので」

　そういえば。

「待てえええええええええええええ!!」

　あっという間に駆け抜けていったテルを、十数人の生徒たちが後から追い立てていった。その先頭に立っていたのは間違いなく、身長百八十センチを超えた大女、日本で一番背の高いミス・ワトソンその人だった。

【ケイタイ電話の通話にて】


「やーカモトキくん！　珍しいね、君から電話をかけてきてくれるなんて！」

「ああ、その後のことが気になって」

「その後？　追われた後のこと？　フフ、一年坊とめぐるちゃんなんかに私が捕まるものか」

「無事ならいいんだけどな。それで」

「わかってる。事件のことだね」

「ん……うん」

「ちょうど良かった、私からも言っておくべきことがあるんだ。えーと、だいたいは三雫《みしずく》に聞いたんでしょ？」

「聞いた……なんであの人もテルみたいに分析できるんだ？」

「賢《かしこ》い女は可愛《かわい》げがないね、幸薄《うす》そうな顔してるし、私は三雫の将来が不安だよ」

「自分の心配をしてなさい」

「ま、くだらない話はそこまでにして、カモトキくん。私は、その、本当ならこれはトミノちゃん自身の問題だから、上級生が口をはさむべきじゃないと思ってる。だけど今回はちょっと特別だ。だから君には、兄である君だけには教えておくべきだと、思うんだ」

「ん？　何の話だ？」

「この件は、じっくり考えていくとなかなか悪質だよ。犯人は盗みを働いた。そしてその責任を他人に押しつけようとした。それだけでもきついのに、これはトミノちゃんにとって酷《ひど》すぎる」

「なぜ？」

「サイフの中にある写真が暴露《ばくろ》されたとして、その後もトミノちゃんは井上《いのうえ》くんと仲良くやっていけただろうか？　英語の苦手なトミノちゃんは、勇気を出して入部した語学部をやめてしまうことになりはしないだろうか？　もし退部をしたならそれは決別の表明だ、もう井上君との仲が深まることはないだろうね」

「……考えすぎじゃないか？」

「恋の駆け引きだ、考えすぎるくらいの方がいい」

「ふーん。で、教えておくべきことってそれか？　この犯人はひどいヤツってこと？」

「いや。もちろん、犯人が誰《だれ》かってことさ」

「え……わかるのか⁉」

「犯人とトミノちゃん、そして井上くんの関係を想像してみれば見えてくる。犯人は何かしらの理由をもってトミノちゃんのサイフを盗む、しかしそこで見つけたのはクラスメイトの写真、犯人は怒ってサイフを捨てる。それが井上くんのバッグに入れられたことを知って今度はそれを特定させようとした。トミノちゃんの、井上くんへの想《おも》いをクラスメイト全員の前で露見させようとした。これはトミノちゃんへの攻撃《こうげき》か、井上《いのうえ》くんへの攻撃なのか、それはわからない」

「うん」

「しかし、犯人はトミノちゃんと井上くんの関係を快く思っておらず、そして知ったと同時にいき過ぎた手段を用いてそれを表に出そうとした。トミノちゃんに対して深い感情を持っていると考えるべきだろう。深い嫉妬心だ……その黒い感情を見つければ犯人もわかる」

「井上くんに対しての感情、って可能性はないの？」

「ありえないだろうね。トミノちゃんの井上くんに対する感情はまだ一方的だ。嫉妬に駆られて攻撃するには時期として早すぎる」

「うーん……」

「犯人が気にしているのはトミノちゃんと男性の関係。犯人は冷静で計画的、それでいてとっさの状況に対応できるだけの柔軟性がある。しかし同時に、非常に感情的な面も持つ。今回の件を考えればわかるように、感情に乱されて真実を見過ごす傾向にある。だから……事実を歪《ゆが》めて理解してしまっている。思考にかたよりができている」

「はぁ」

「私はクラスの真ん中で君のことをワトソンと表現した。はっきりそう言った。私と君の力関係はクラスの全員にとって明白だった。分析者である私と傍観者である君。人よりわずかに頭のキレる先輩《せんぱい》である私と、人よりのほほんとしている頼《たよ》りなさそうな君。トミノちゃんが助けを求めに来たのはどっちだったと思う？」

「もちろんテルだろ。頼りなくて悪かったな」

「うん、あのクラスにいた全員がそう思っていたはずだ。だけど、そう思っていない人間がひとりだけいたんだ。トミノは兄を頼ったと、そう考えていた人間が、そう発言した人物がひとりだけいたんだ……その子が犯人だよ」

「は？　どういう意味だ？　俺を頼ったと思っている人間が犯人？」

「偽ラブレターの事件、覚えてるだろ。あのとき、君は妹と腕を組んで校内を練り歩いたそうじゃないか。それが犯人に見られていたんだろう。だから犯人は君にも敵意を向けている。男性であれば誰《だれ》でも同じ扱いだ。犯人はトミノちゃんが大好きすぎるのかもしれないね。君の妹は本当に、罪作りだ」

「むむ。それでつまりは、誰が犯人なんだよ」

「言葉は一瞬《いっしゅん》で風の中に消えていくものだよ、カモトキくん。聞き逃したらダメじゃないか」

「悪かったよ」

「よく思い出すといい。どうしてもわからなければ、トミノちゃんに聞くって手もあるけど」

「それはさすがに……恥ずかしいかな」

「恥ずかしいなんて言ってる余裕はないかもしれないぞ。恋は盲目、走り出したら止まらない。だけど……やっぱり、私からはこれ以上言えない。言うべきじゃない。カモトキくんが気づけなかったのなら……わからないままにしておいてくれ」

「なんでだよ」

「トミノちゃんからは言わなかったからだよ。たぶん彼女にはわかってたはずだよ。誰《だれ》が犯人なのか。だけどどう解決すべきかわからなかったから、私と君を呼んだんだと思う」

「テルが解決してくれるのを期待して……？」

「あの場で、犯人の名前を挙げてほしかったのかもしれない。私にはできなかったけど」

「それはなんで？」

「できないさ。分析はできても……人の心をどうこうするのはニガテだから。きっと誰かを傷つけて終わるだけになっていたと思う」

「そうか。悪いな、うちの妹のためにいろいろと」

「いいんだ。君の妹なら私の妹も同然さ」

「それはキモイ言い回しだが一応感謝しておこう」

「ハハハ」

「それでさ、テル。もうひとつ聞きたいことがあるんだ」

「なに？」

「三雫《みしずく》さんについてのことなんだけどさ」

「ん？　私たちがアイコンタクトで通じ合っているのを見てヤキモチを焼いちゃったのか？」

「そんなとこかな。ちょっと気になることがあって」

「三雫ならいま私の隣《となり》で寝てるよ」

「隣で……なに⁉」

「ああ、言ってなかったっけ。うちの高校の学生寮《りょう》は全部二人部屋なんだけど、私と三雫は同室なんだよ」

「同室……？」

「うん。二段ベッドの下の段でぐっすり寝てるよ、まだ十時なのに。人が隣で宿題やってるってのによくぐーすか眠れるもんだよ。育ち盛りかな？　胸のあたりが」

「同室……ああ、なんだ、そういうことだったのか！」

「ん。何が」

「いやいいんだ、気にしないでくれ！　ありがとう、解決した！」

「よくわからないけど役に立ったようで嬉《うれ》しい」

「そういうことだったのか、俺はてっきり……まぁいいか。同室ってことは、テルがパソコンをいじってる最中にも同じ部屋にいるわけなんだな？　たとえばチャットで会話しているときも……」

「何言ってるんだ？　寮にパソコンを持ち込む生徒なんて滅多にいないし、私にはそういう趣《しゅ》味《み》はないよ。むしろ三雫の方がよくいじってるよ。白いノートパソコンで毎晩カタカタやってる。あれ何やってるんだろうな、まったく」

「…………」

「カモトキくん？　聞いてる？」

「…………」

「おーい。おおーい！　なんだよまったく、聞こえてないのか？　おーい！」

分析4 ヴィルヘルムを分析する

ヴィルヘルム・テル【Wilhelm Tell】

スイスにかつて住んだとされる伝説上の英雄。弓の名手として知られる。余談だが、ヴィルヘルム・テルが息子に向けて弓を引かなければならなかったのは、とある帽子へ敬意を払わなかったことが原因である。

好奇心は猫をも殺す、というが猫も鳴かずば殺されまい。

どういうロジックの末に猫が殺されてしまうのかは不明だが、俺が思うに、余計な行動を取って他人の興味を引いてしまった猫さんにも責任があるよ。出る杭《くい》は打たれる、それくらい学校できちんと勉強してこいよ猫。

とまぁ架空の猫をせめてもしょうがないので本題に入る。放課後になり、テルの目をうまく逃れさっさと帰ろうとした俺の前で不審《ふしん》な行動を取っていたのはとびきり美人の子猫ちゃんだった。いや、我ながら若干ならず表現が気持ち悪いので具体的に言うと、大戸《おおと》三雫《みしずく》がなぜか校舎の外をうろついていたのだ。

どこをうろついていたって勝手だろ、とたしかにそれはそうなのだけど、彼女は文芸部の一員で、放課後は物理実験室でめぐるちゃんたちと部活動を行うのが通常であるはずだ。用があるから先に帰るということなら校門に向かって進むはずなのに、彼女が向かう先にあるのは校庭だ。

今日は面白いイベントが行われたという情報も、もしかしたらこれから行われるかもというデマも俺のもとには流れてきていない。では、大戸三雫はなぜ放課後の校舎まわりをうろついているのか？

こいつは面白い対象だぜ、テル。

分析開始だ、分析部の一員としてちゃんと活動するからサボりは大目に見てくれ。

猫のように音を消して歩き、後方からゆっくりと彼女に近づいてみる。加茂十希男《かもときお》十六歳、社会経験豊富とは言えないがなんと尾行の経験はある。気合いは十分、ノウハウも申し分ない、とくれば彼女の秘密はもはや暴《あば》かれたも同然と言っていい。さぁ、分析をはじめよう。目には見えない……目には見えない夢と希望……ええと、テルはいつもなんて言ってたかな？　あいつ、固定のセリフが多すぎるんだよな。

「あ、トキオくん。帰るところですか？」

バレた。それ以上の説明は不要と思われるので省略する。

今日も無駄にはかなげな雰囲気を振りまく三雫さんのそばまで行くと、なんだか俺もバッドエンドの確定した青春映画の登場人物のような気持ちになってきた。

「部活をサボるところです。三雫さんは何をしてるんです？」

「ええと……探し物、です」

「おや。鳥の巣でも探してるんですか？」

「いえ、野鳥には興味がないので」

しょーもない質問をしても真面目に返答してくれるんだな……優しくて涙が出そうだ。真面目に質問してもしょーもない答えを返してくるどっかの分析マニアとはえらい違いだ。

「じゃあ何を探してるんです？　人？」

「うーん……強いて言うなら、痕跡、かなぁ」

痕跡。

なんてミステリアスな答えだろう。テルが言い出したら意味不明すぎてあきれるだろうけど彼女が言うとヒミツの香りがして魅力的《みりょくてき》だ。

「何の痕跡？」

「兄です。私の兄」

「へー。お兄さんはどんな犯罪を？」

「犯罪の痕跡じゃないです……探偵部の活動じゃないです……ただ、兄はこの学校に通っていたので」

「あ、卒業生だったんですか！　なるほど、お兄さんに思い出話を聞かされた、と。だからその場所を探している、と。そういうわけですね」

「まぁ、そんなところです」

正直、弟妹ならまだしも三雫《みしずく》さんに兄がいるというのは想像しにくい。甘えるのが下手そうだから。

「あれ？　おかしいですね、トキオくんはテルから私の兄について何か聞いていませんか？」

俺がテルから三雫さんのお兄さんについて何か聞いている方がおかしいと思うが、どうして俺がそんな話を聞かされていると思うのか？

「何も聞いてないです」

「そうですか……テルは奥手ですからね」

「テルほど積極的な人間もいないと思いますが」

「……トキオくん。お話ししたいことがあります。時間がありましたら、いまから一緒に来てくれませんか？」

「はい行きます」

積極的な人間が好きなのかと思い即答したら三雫さんが若干驚《おどろ》いていた。

「どこに行くんですか、とかそういう質問はないんですね……。すごい決断力です。では、行きましょうか。見せたいものがあります」

そんなこんなで、三雫さんが向かった先は北校舎を通りすぎ南校舎も無視してグラウンドと弓道場と第二部室棟を横切った先にある小道を進んだコンクリート壁《かべ》の抜け穴を通り裏山の奥のさらに奥の——って遠いよふざけんな俺は勉強道具を学校に置き去りにせず持って帰ってしっかり勉強するマジメくんだからカバンが重いんだよと言おうかと思ったが、彼女の歩く姿を見ていると妙に癒《いや》されて何も言えなかった。

「どこまで行くんですか……。教室じゃないですよね。どっかの部の部室？」

「美術部のアトリエです。美術部は普段美術室を使用していますが、特別な用があるときはアトリエを使用するようです」

「こんな遠くにアトリエ？　しかも壁《かべ》を越えたってことはここ学校の敷地《しきち》じゃないでしょ？」

「集中しやすい環境《かんきょう》を作るためわざわざ校舎やグラウンドから離《はな》れた場所を選んだのかもしれませんよ。おかげで最近ようやく見つけたばかりなんですけどね……着きましたよ、ほら」

学校の校舎から遠く離れた裏山の中、三雫《みしずく》さんが指さした先に、プレハブ小屋があった。冬はさぞかし寒いであろう荒々しい環境に立つこの安っぽい小屋がアトリエだというのか。集中するどころか思考することすらままならないのではないかといささか不安である。

少々怪しい場所だとは思うが、気にせず踏《ふ》み込む三雫さんに従い俺も室内へ。

中はさらに怪奇的で、なるほど芸術家のアトリエとはこんなものかと思わせるだけの迫力があった。油絵から彫刻まで、様々な種類の芸術品が所せましと部屋中に埋め尽くされている。ただし俺が見る限りではどれもが完成品で、作りかけのようには見えない。現在作業は行われているのだろうか。

こんなところで作業をしたからって、独創的なアイディアが生まれるとは思えないけどなぁ。

「裏山の中にアトリエ。贅沢《ぜいたく》な」

「いまはアトリエというより物置になってますけど……贅沢ですよね。この裏山は学校のものではなく私有地なので、ここだけお借りしているらしいです。木々に囲まれてるから人の目も無いし、良いところですよ。ここならナイショ話を聞かれる心配もないですし」

「そうですか。それでどうしてこんな場所に……」

あっ⁉

裏山の奥まった小屋⁉

人の目も無い隠された場所⁉

そして若い男女がふたりきり⁉

……分析完了だ、テル。

なるほどね、そういうことだったのか、よくわかった。可愛《かわい》いぜ三雫さん、いや三雫。

「さて、トキオくん。ここなら誰《だれ》もいません。テルもいません。私は多くのことを正直に答えることができます。あなたは私に、何か聞きたいことがあるでしょう？」

分析を間違えたぜ、テル。

ごめんなさい三雫さん。

「あります、聞きたいこと」

聞きたいこと。

それはつまり、彼女が俺から引き出そうとしている言葉は。

「ハンドルネーム『Willhelm』は、あなたですか？」

油絵の一つ、ひたすら黒く塗られただけの絵を見ながら三雫《みしずく》さんはゆっくりと唇を動かした。

「そうです。いままで黙《だま》っていてすみませんでした。チャットルームであなたと会話をしていたのは私です」

情報が確定する。

俺がチャットで話していた相手、ヴィルヘルムの正体は大戸《おおと》三雫。

「俺はてっきり、ヴィルヘルムというのはテルが別人のフリをしているのだとばかり」

「そうですね、トキオくんが私とテルを混同しているな、というのは早い段階から気がついていました」

「ということはあれですか、テルが時々口走る『ヴィルヘルムが囁《ささや》いている』とかなんとかいう言葉、あれも三雫さんのことですか？」

「いいえ、違います。それは……私の兄のことです」

「ん？　んんん？」

ヴィルヘルムは大戸三雫？

ヴィルヘルムは大戸兄？

んんん？

「ややこしくて申し訳ないです。混乱は私のせいですね。私が兄のアカウントでチャットルームに入っているから……。一から説明しましょう。まず、私の兄、大戸輝明《てるあき》はかつてこの学校の美術部員でした。私の幼なじみであった赤村崎《あかむらさき》葵子《あおいこ》と仲が良く、あの子をテルと呼び、自分をヴィルヘルムと自称していました」

おお、テルというあだ名をつけたのは三雫さんのお兄さんなのか。もし会うことがあれば、テルとはどういう意味なのか聞いてみよう。

「自称ヴィルヘルム……素敵なお兄さんですね」

「変人ですよ。テルの三倍くらい」

テルの三倍も変なのか。それもう人間じゃねーよ。

チンパンジーだってテルの二倍くらいしか変じゃねーもん。

「変人でしたが、テルにとっては尊敬する先輩《せんぱい》だったようで。テルの口調や分析癖《ぐせ》は兄の影響《えいきょう》によるものです。いまのテルはほとんど兄のコピーキャットですね、ちょっと気持ち悪いです」

自分の兄を尊敬する幼なじみに対して気持ち悪いと言い放つメンタルはどんなものかと思いきや、三雫さんはまったく表情を崩さない。まるで感情そのものを押し殺しているかのようだ。

「ヴィルヘルムとはヴィルヘルム・テルのこと。英語読みをしてウィリアム・テルと言えば聞き覚えもあるのではありませんか？」

「ああ……ウィリアム・テルなら知ってる」

たしか自分の息子に矢を向けて、頭上に置いたリンゴを射抜いたという弓の名手だったはずだ。なぜ頭の上にリンゴを置くなどという謎《なぞ》の行動を取ったのかは知らない。

なるほど自分の名前の『大戸《おおと》輝明《てるあき》』に『テル』が入っているから、それに合わせてヴィルヘルムをニックネームにしたわけだ。そんなことを俺に伝えてどうしようというのかはまったくわからないが、とりあえずお兄さんのネーミングセンスはよくわかった。並以下。

「自分をヴィルヘルム、葵子《あおいこ》をテル。兄とテルの関係が少し見えてくるようでしょう？　だから、テルの言う『ヴィルヘルム』というのは兄のことなんですよ」

もう一つの人格か、頭の中を飛び交う妖精か何かだろうと思っていた俺の予想は的外れだったわけか。ヴィルヘルムは実在の人物。ヴィルヘルムは三雫《みしずく》さんの兄。

テルにとっての尊敬する先輩《せんぱい》。

ヴィルヘルムが囁《ささや》いている。

――……ああ、そういうこと。

「じゃあ、チャットでは」

「兄のアカウントを私が勝手に使っているだけなんです。惰性でヴィルヘルムを名乗っていました。まさかあなたが同じ高校に入学してテルと知り合うとは思ってもみませんでしたから、こんな勘違いが起こるとは」

「なるほど、そうだったんですね」

「……ショックでしたか？」

彼女は振り向かない。

ただまっすぐに、真っ黒な絵を見て目を伏せるだけ。

「ショックでは……ないですよ」

「そうですか。それを聞いて安心しました」

言葉ではそう言いつつも、三雫さんは少しも安心した様子を見せなかった。

俺がショックを受けるかどうか。どんな意味を込めてそんな質問をしたのか、俺には十分に読み取れない。表情から意図を推測することもできない。分析力が足りない。想像で補うことができないなら直接に尋ねるしかない。

「それはいったい——」

——どういう意味だ？

そう聞こうとしたちょうどその瞬間《しゅんかん》、小屋の中に見知らぬ老人が飛び込んできた。

「コラァァッ‼　誰《だれ》だこの小屋を荒らすのは‼」

みなぎる活力で声を張り上げ、たくわえられた白ヒゲを気前よく揺らし、その老人は拳を振り上げながら俺に向かって突進してきた。森だろうがサバンナだろうが強く生き延びることのできそうな生命力をぎらつかせて、老人は俺の肩をつかみ顔をぐいと近づけた。

「何の用だ小僧！」

怖い……！　なんだこのジイサン、めぐるちゃんよりでかい！

ヤバいぞ、用が無いからなんて答えればいいのかわからない！

突然の猛獣襲来《もうじゅうしゅうらい》に尻込みする情けない俺のピンチを救ってくれたのは、めぐるちゃんより頭ひとつ以上背の低い三雫《みしずく》さんだった。

「久保《くぼ》さん、お久しぶりです」

「ん⁉　おお、なんだ、三雫ちゃんがいたのか」

三雫ちゃん、とな。

相手によって態度を変えることが悪いとは思わないが、相手が美少女だと途端に表現が柔らかくなるのはどう考えても危険な兆候だ。見るからに還暦《かんれき》をとうに過ぎたご老人には難しい注文かもしれないが、いまからでもその生き方は変えた方が良いと思います。ぜひ悔い改めていただきたい。

「こちらは私の友人の加茂十希男《かもときお》さんです」

「そうか、カモトくんか！　なんだ、三雫ちゃんの友人なら仕方ないな、ゆっくりしていってくれ」

無茶苦茶な呼び方すんな、カモト・キオくんなわけないでしょうが。

そんなに区切り方がわかりづらい名前じゃないだろカモトキオ……。

「三雫さん、この……ワイルドなおじいさんはいったいどなたですか」

「この小屋の持ち主ですよ、久保勝次《かつじ》さん。いつもお世話になっています」

「いやいやいいんだよ、ここにある作品はだいたい君のお兄さんのものなんだから、君が使わずに誰《だれ》が使うんだいこの小屋を」

持ち主であるあんたが使うんだろうが、とツッコミを入れたいがまた威嚇《いかく》されるのが怖いので無言を貫く。

「三雫ちゃんが連れてきた、ということはカモトくんも輝明《てるあき》くんの絵の理解者なんだな！」

「いや……そう！　そうなんです！」

なんだかもう面倒だし、そういうことにしておこう！

大戸《おおと》輝明さん！　俺はいまからあなたのファンです！

「いやぁ嬉《うれ》しいなぁ。どうだいカモトくん、この絵のタイトルがわかるかな」

久保老人が取り上げたのはさっきまで三雫さんが眺めていた真っ黒な絵だった。果たして絵と言えるのか、わずかに色合いを変えた黒と黒と黒が渦巻いているだけのその絵画。タイトルどうこうの前にジャンルがわからない。絵なのかこれは。理想的な黒い絵の具が欲しくて試し書きしただけじゃないのかよ。

「タイトル……『暗闇《くらやみ》』、とかですかね」

「ちがーう」

「じゃあ、『夜』！　いや、もっとシンプルに『黒』かな？」

「残念。正解はね、『海』なんだよ」

海。

海？　嘘《うそ》つけよ。

「夜の海ですか。理解するのが難しい絵ですね」

「普通は理解できないんだよ。現に輝明《てるあき》くんの絵は人に認められたことがなかった。私だっていきなりこれを見せられただけじゃなんとも思わんよ」

じゃあいきなり俺に見せて反応を求めるんじゃねーよ！

いかつい顔してとぼけたジイサンだな！

「カモトくん、君は、キレイな海と言われるとどんな情景を想像するかな」

「え……あーっと、透き通るような水面《みなも》と白い砂浜……とか」

「そう、そう、普通はそう言うね。海を知らない多くの人はその水面ばかりを見る。しかし本当に海の魅力《みりょく》を知りたいなら、海にもぐらなきゃいかん。目をつぶって勇気を出して、海に飛び込んでみなきゃわからん。それが輝明くんの表現したいことなんだな。この絵の意味するところは、彼の海に対する理解そのものなんだよ。水面として見えている情景ではなく、何も見えない深海にもぐってはじめて海を理解することができるんじゃないだろうか……と、彼はそう言ったんだ。水面にではなく水面下にこそ、海の美は隠されているのではないか、とね」

久保《くぼ》老人の言葉を反芻《はんすう》する。

大戸《おおと》輝明の言葉を頭の中で整理してみる。

一般に想像される『キレイな海』は汚染の無い透き通るみなも。

または夕焼けを浴びた紅い水面、浜辺の景色、宇宙から見た地球。

だけどそれは海の表層で、表面だけの感想に過ぎない。海の本質というのはむしろ水面下にこそある。

水面下の美。

どこまでも続く水の世界。

その中で生きる数えきれない命。海流と海藻《かいそう》。泥と岩。水の温度で作られるすべて。

それは雄大にして深淵《しんえん》な、俺たちの世界と隣《となり》合わせにありながらあまりにも遠い異世界。

そこで育まれる美の形。それは海の内面。それは海の命そのもの。

きっとこの絵は、そういう内なる美こそが本物だと主張しているのだろう。

「人を表面で判断するなとは言わん。だが、水面下にあるものを想像もせずにそれを理解した気になってはいかん。輝明くんは本当に優しい子だった。こんなに黒々とした……おどろおどろしい絵を描いているときも必ず笑顔は欠かさなかった」

笑顔の人……か。

やっぱり妹に似て幸の薄《うす》そうな顔をしていたのだろうか。

「ここにある輝明くんの絵はどれもなぞなぞみたいで面白いぞ。一見しただけではわからない、そういう絵が並んでいる。本当に面白い子だった。またあんな子が美術部に入ってくれれば、いつでもこのアトリエを貸し出すというのに……」

「久保《くぼ》さんは使わないんですか？　ここ」

「隠居したら絵を描こうと思って建てたんだがなぁ。だがどうにもおれは才覚に欠けていたようで……」

さいですか。老後になっても自分を変える気満々じゃないか。それなら男女同権の精神もぜひ学んでいただきたい。

「結局、輝明《てるあき》くんのための保管庫になってしまった。まぁおれは絵の保管方法などわからんから、こうして置いてあるだけなんだが」

それは保管でなく放置と言い表すのが適切ではないかと思ったが、久保老人も三雫《みしずく》さんもそれで十分だと考えているようで、二人してにこにこと笑っている。

「ありがたいことです。久保さんのおかげで私は兄の絵をまた見ることができたのですから」

「そうかそうか、そう言ってくれると嬉《うれ》しいなぁうははは！」

見ているこっちが悔しくなるくらい仲がいい。

くそう、分析部でも運動部でもなく、美術部に入っておくべきだったか。

「見たくなったらいつでも見に来てくれていいんだぞ！　……と言いたいところなんだが、実はちょっと困ったことがあってなぁ」

「困ったこと、ですか？」

なるほど、その困ったこととやらを解決すれば俺も仲良し組に入れてもらえると、そういうことだな。任せろ、ここは分析部兼将棋部、加茂十希男《かもときお》が男を見せる場面とみた。

「うん、最近なぁ、誰《だれ》かが勝手にここに入り込んでいるようなんだ」

誰かが勝手にここに入り込んでいる。

なるほどわかった。犯人は大戸《おおと》三雫。

理由は単純、こんなヘンピな場所を知っているのはおそらく彼女しかいないだろうから。

「それは……私だと思いますが」

「三雫ちゃんじゃないんだよ、ホレ」

勝手に小屋に侵入している誰か、それが三雫さんのことではないと久保老人は確信しているらしい。その証拠として、久保老人はゴミ箱を持ち上げて、その中身をこちらに見せてくれた。

中にあったのは、タバコの吸い殻だった。

「タバコ……」

「私じゃないです……」

「そうだろう。実は、作品の中には焦げ跡をつけられたものもあるんだ。この石膏像《せっこうぞう》なんかそうだな……。だから中にある作品をもうじき家の方に移そうと思っているんだが……三雫ちゃん、持ち帰るようなら車で持って行ってあげるけど」

「いえ……兄はここに残したのですから、久保さんに差し上げます。処分してもらってもかまいません」

「そうか、じゃあうちにかざろう」

久保《くぼ》老人は満足げにうなずいた。

どうやら、これらの作品を気に入っているというのは掛け値なしの本心であるようだ。

「なに、捨てるようなことはせんよ。見たくなったり返してほしくなったりしたらいつでも言いなさい。だけど、ひとりでこの小屋に来るのはもうやめた方がいい、どんな連中が入り込んでいるかわからんしなぁ」

三雫《みしずく》さんが入り込んでいるのは気にも留めないくせに。

うーん。なんていうか、このジイサン……俺、嫌いじゃないなぁ。

＊＊＊

アトリエを後にして、再び歩きづらい道を延々と歩き出す。

グラウンドにはまだまだ辿《たど》り着かない。普段の運動不足がたたったのか、足が重くなってきた。こんな遠くにあるアトリエをよく三雫さんは見つけ出せたものだ。『痕跡』を探していたってのはこういうことなのか？　兄貴の適当な言葉を頼《たよ》りに、学校中から何かを探しているということなのか？

会話もロマンもない移動を続けて十分、ようやく校舎を囲う壁《かべ》が見えてきた。コンクリート壁の一部にできた大きな抜け穴を再びくぐって学校の敷地《しきち》の中へ。俺が小学生だったら、秘密基地と秘密の抜け道を発見した喜びに胸を躍《おど》らせていただろうに、高校二年生ともなってしまえば誰《だれ》がこんな穴をあけやがったんだとしか思わない。

「よくこんな抜け穴を見つけましたね」

「どこかに抜け穴があるってことは兄に聞いていましたから。まさかこんなところにあるとは思わなかったので見つけるまで一年かかりましたけど」

「お兄さんは冒険家だったんですね」

「テルが尊敬するくらいですから、平凡な人ではないですよね……たぶんこの穴、兄が開けたんですよ」

「え⁉　このコンクリぶっ壊《こわ》したんですか⁉」

「だと思います。そうすればアトリエへの近道になりますから」

三雫さんが言うとどこまでが冗談なのかまったくわからない。それが事実であるとすれば、論理に長《た》けるが論理に欠ける性格はいかにもテルの師匠らしい。

抜け穴を通ると、弓道場と第二部室棟の狭間に延びる小さな道が続いている。小山の斜面を削り取って無理矢理水平にしました、というのがよくわかる傾斜のきつい一本道。大きな石だらけでごつごつの道はいまにも転んでケガをしてしまいそうに不安定だ。弓道場だけ後から建てたから、敷地《しきち》の関係で変なスペースが生まれてしまった……ってところだろう。たぶん。テルじゃないので分析調査をするつもりはない。

「どうです、トキオくん。テルと兄の関係が少しわかってきましたか？　テルがいかに兄の影《えい》響《きょう》を受けているのか、なんとなくわかってきたでしょう？」

「かなり伝わってきましたね。変人っぽさがそっくりだ」

彼女はまた笑う。

テルはやはり幼なじみのルームメイトにも変人だと思われていたのか。

「それで……できれば、ヴィルヘルムのことについてはあまりテルに聞かないでもらえますか」

「まぁ、俺からは絶対に聞かないと思いますけど」

心配には及ばない。そんな面倒なことを俺からするわけがない。

安心したように三雫《みしずく》さんは、俺の目を見て微笑《ほほえ》んだ。

思ったよりも……よく笑う人なんだな。

「それを聞いて安心しました」

「はい」

「ありがとうございました」

「はい」

「…………」

「……え、もう終わりですか？」

「はい。わざわざ連れ出したのにすみませんでした。でも、あなたはもっとテルから話を聞かされていると思っていたので。テルはヴィルヘルムという名前をよく口にするでしょう？　だから兄についてもっとお教えしておくべきじゃないかと考えたんですが……テルはいまだに秘密が好きなんですね」

「いまだに……」

「一年も付き合った彼氏にはさすがに話していると思ったんですが、早とちりだったみたいですね」

「はぁ。別に付き合ってるわけではないんですけどね」

「あれ？　違うんですか？」

「違います」

「へぇ……そうなんだ……付き合ってないんだ……」

……………………。

妙な沈黙《ちんもく》が胸元でざわついた。な、何か、何か会話を。

「それにしても、ここは歩きづらいね！」

「滑りやすいですから、気をつけてください……きゃっ」

横を歩いていた三雫さんが足を踏《ふ》み外し、小さな悲鳴を上げて俺の方に倒れこんできた。そして俺の右腕に、いままで感じたことのない衝撃《しょうげき》が走った。

これは──なんだ⁉

いま天使の翼《つばさ》が俺の腕を包んだか⁉

猛烈に心を揺さぶる何かが俺の腕に当たったか⁉

おかしい、俺の腕に三雫《みしずく》さんが寄り掛かっている、ただそれだけのことなのに何か想像もつかないほど優しい何かが俺にたおやかな力を持って接してはいないか⁉

混乱しすぎて自分でも何言ってるかわかんなくなってきたぞ！

「ごめんなさい」

「いえ。ありがとうございます」

「なんで感謝の言葉が出てくるんですか……」

なぜかはわからない。

だけど、人智を超えた祝福に対する感謝というのは、そもそも理由を求めないものなんじゃないのかな。俺は自然と感謝の言葉を口にした。いまはそれでいいじゃないか。なんていうかもう、本当にありがとうございました。

俺の胸中はこんなにも多幸感で満ちているのに、なぜか三雫さんはすっと距離《きょり》を離《はな》してしまった。

なぜだ、俺は一度として情欲を表すような言葉は用いなかったというのに……必死に冷静さを保とうとしたというのに！　それなら俺はいったいどうすれば良かったというのだ！

　ようやく見慣れたグラウンドの景色が広がり、ちらほらと生徒の姿が視界に入るようになり、そして三雫さんは小さく会釈をした。

「付き合ってくれてありがとうございました。では、私は寮《りょう》に帰りますので……」

　いつだったか聞いたことがある。デートの鉄則として、最後に別れるときはできるだけ良い印象を残していけ、そしてできればちょっとだけ気になる話をしろ、そうすれば相手はその後もこちらのことを何度か思い返してくれるから、と。

　それならこのまま別れるのは実にまずい。

　最悪な印象のまま翌日を迎えることになってしまう。明日学校で会っても自分から話しかけられる自信がない！

　言うならいまだ、がんばれ加茂十希男《かもときお》！

　去りゆく彼女の背中に、勇気を振り絞って声をかけろ！

「三雫さん！」

「はい？」

　振り向いた彼女は、相も変らぬ幸の薄《うす》そうな顔で、ただ優しく微笑《ほほえ》んでいて。

　つまりは、邪《よこしま》な気持ちなど入り込む余地はどこにもなくて。

「……あ、いや、なんでもないです。お兄さんによろしく」

「……はい」

それだけ言うのが精いっぱいだった。

ゆっくりと立ち去る彼女の後ろ姿を眺めていると、なんだか無性に泣きたくなった。

俺、何か悪いことしたのかな……。

「加茂《かも》ぉぉ～見ぃぃたぁぁぞぉぉ～」

悪い出来事は重ねて起きる。

気持ち悪い声色で俺の名前を呼んだのは。

「…………美浜《みはま》先生。どうしてそんなところに」

「ふっふっふ、私は弓道部の顧問《こもん》だからな、こんなところにもいるのさ」

弓道着姿の美浜先生がだらしない笑顔で俺のことを指さして笑っていた。

くそう……こんなところで最悪な遭遇を果たすとは。

「聞いてたぞぉ。大戸《おおと》に嫌われちゃったんじゃないかな？」

「ぐっ……いつから聞いてたんですか」

「お兄さんによろしく、あたりからだな」

「全然聞いてねーじゃねーかよ！　訳知り顔で話しかけんじゃねーよ！」

「おお～？　教師に向かって堂々とした口の利き方をするねぇ。授業中にどんな扱いをされても文句言うなよ」

あんたはもう俺のクラスの担当じゃないでしょうが……！

その後何を言い残したかは覚えてないけれど、美浜先生に適当な言い訳をして、俺はその日家まで走って帰った。早く帰って考え事をしようと思ったからだけど、何をたくらんでいたかは誰《だれ》にも教えない。

テルにも教えないことにして、俺はひとりで考えをふくらませることにした。

＊＊＊

それから数日。

その日はまったく風がなく、その上汗ばむほどに暑かった。

まだ七月にもならないのに夏を感じさせる日差しがじりじりとグラウンドを照りつけていて、俺は逃げるようにして第二部室棟の影の中で座り込んでいた。放課後のグラウンドは今日も活気であふれていて、あちこちからキレのある声が矢のように飛び交っている。影の中に埋もれている俺と違って、陽《ひ》の下に我が身をさらしながら汗を流す若者たち。

……いいなぁ。俺も分析部じゃなくどこか運動部にでも入っておけばよかったと、二年生の今頃になって思う。卓球とか、バドミントンとか、あとバスケとかもやってみたかったなぁ。

自分で挙げたスポーツはどれひとつとして太陽の下で行われるものでないことは気づいていた

が無視しよう。

ここは第二部室棟の軒下。わずかに視線をずらせば弓道場があり、そしてあのアトリエへと繋《つな》がる小道が見える。だけど今日は三雫《みしずく》さんが来る気配はない。どころか、他に人っ子一人通る様子もない。なんだよ、俺が来た意味はまったくないじゃないか。もう帰ろうかと思い、いざ立ち上がろうとしたそのときに、いきなりテルが声をかけてきた。

「ありゃ？　そこに見えるのほほんとした顔は……カモトキくんじゃないか！」

制服姿にニット帽、今日もお決まりの出で立ちで、テルが隣《となり》に立っていた。

この暑い中よく帽子なんかかぶっていられるもんだ。

「こんなところで何してるの？」

「見てわからないか？　日陰で休んでるんだよ」

「日陰で休むためにわざわざ校舎からこんな遠いところまでやってきたの？　涙が出るほど頭の悪い行動だな！」

うっせー。

何かしら反論をしようと思ったがどうにも元気が出てこない。

「そんなところだ……テルは？」

「私はもちろん分析調査だよ。この学校にある部活動の中で一番校舎から遠いところで活動しているのはどこか調べてる。あと、私の足で何歩分あるのかも数えてる」

まーたしょうもないことをするヤツだな……」

「小学生みたいなことをするヤツだな……」

「ぬ。最近の小学生は高校生がやるような高度な遊びをするのか？」

「自分のレベルまで小学生を引き上げるんじゃねーよ！　お前が小学生レベルまで落ちてんだよ！」

なぜかたくなに自分の行動の馬鹿馬鹿しさを認めないんだ！

あーもう！　こんなにだるい気分なのにいちいちツッコミどころを用意しやがって！

「まーそんなことはおいといて。私はもうこれで帰るつもりなんだけど、カモトキくんも暇？」

「おお、暇だぞ」

「良かった！　じゃあ一緒にお好み焼き食べに行こうよ！」

「お好み焼きぃ？」

「うん、学生寮《りょう》の前にちっさいお店がでーんとオープンしたんだ。開店セールで割引券をもらったんだけどひとりじゃ行きづらくて」

お好み焼き。………食べたい。

「行く」

「よーし決まり！　さぁ行こう、早く行こう、ほら立って」

テルが俺の腕をつかみ無理矢理立たせようとしてくる。

急《せ》かされるとにわかにやる気がなくなるのはなぜだろう。

とは言えくだらない意地を張る必要もないので立ち上がり、いざ行こうかと身構えたとき、弓道場から美浜《みはま》先生が出てきた。弓道着姿で、首にかけたタオルで汗をぬぐいながら、そして俺の顔を見るなり露骨《ろこつ》に顔をしかめてみせた。この教師はいったいどこまで俺のことが嫌いなんだ、ちくしょー。

「加茂《かも》……またお前か」

「どうも」

またお前かと言いたくなるのはお互い様だが、上下関係の都合上俺からは言い返すことなどできるはずもなく。面倒くさそうに歩み寄ってきた美浜先生だけが一方的にお小言を俺にぶつけてきた。

「お前も暇なヤツだなぁ」

「はぁ。部活が緩《ゆる》いんで」

「生徒のプライベートに立ち入るつもりはないけどな、何事もほどほどにしなさいよ」

「何事もほどほどにしているつもりなんですが、はぁ」

「こないだは大戸《おおと》で今日は赤村崎《あかむらさき》か。のほほんとしてるくせに割とやるもんだな。女を連れて裏山に消えるだけでも無節操なのに、三日と待たず別の女を連れてくるとは軽薄《けいはく》にもほどがあるぞ」

こいつっ……！

生徒のプライベートをべらべらとっ……！

しかもよりによってテルの前で！

「カモトキくん。どういうことかな」

隣《となり》からテルの冷たい視線が突き刺さってくる。寒いぞ、これではお好み焼きができないぞ。

やべーやっちまったゴメン、みたいな表情で美浜先生が俺を見ているが絶対に許さない。起訴してやるからな、絶対だからな。

「なんでもないよ」

「三雫《みしずく》とどういう関係だ」

テルの声に余裕がない。

いつ以来かわからないほどテルの気が立っているのを感じる。これはまずい。

「ただの知り合いだよ」

「嘘《うそ》つけ」

「何を言うんだ、トミノのサイフ遺失事件ではじめて顔を合わせた仲だぞ、お前が怒るほど親しい仲なわけがないだろう」

「ん……たしかに」

つーかそもそもなんで俺がテルに釈明しなくちゃならないんだ？　なんでテルにそんな怖い

目でにらまれなきゃならないんだ？　お前は自由人なんだから俺にも自由をくれよ。

「じゃあ、森の中に消えたというのは？」

うーん。アトリエの話をテルにしてもいいものか。

あれは三雫《みしずく》さんのものでなく久保《くぼ》老人や美術部のものだし、他人に教えてしまっても問題ないと言えばないのだろうけど……秘密がひとつ減ってしまうようでちょっと嫌だなぁ。

「カモトキくん。答えられないのか。美浜《みはま》先生、逮捕してください」

「おいおい加茂《かも》、まさか本当に不純異性交遊してたのか？　退学するか？　ん？」

秘密がどうこう言っている余裕がなくなってしまった。

三雫さん、ごめんなさい。

「森の中に美術部の使うアトリエがあって、そこで絵を見てたんだ。俺は潔白だ、テル」

「アトリエ！　へー！　行ってみたいな！」

「テルはダメ」

「なんで！」

テルが反抗する。余裕たっぷりに分析をするときより、こうして普通のことを言い合っているときの方がテルは可愛《かわい》く見える。黙《だま》っていればもっと美人に見える。ホントにいまさらだけど、なんでこいつ分析部なんて意味不明な部活をやってるんだろうな。

「本当はアトリエなんて嘘《うそ》で、森の中で二人っきりで楽しんでたんじゃないのかなぁ？」

「嘘じゃないですから！　先生ちょっと黙ってて！」

「カモトキくんが私に嘘をついて女と会ってたなんて……不潔だわ」

だわってなんだよだわって！　お前いつもそんな口調じゃないだろ！

「そういえば、加茂と大戸《おおと》はあの小道から出てきたなぁ。赤村崎《あかむらさき》、行ってみたらどうだ」

「あの小道から？　よし行こう！」

「待て、テル！　俺が先に行くから……テルっ!!」

叫んだときにはもう遅かった。

滑りやすいデコボコの道。危ないから気を付けてと、そう声をかける暇もなくテルは足を踏《ふ》み外して、勾配のある坂を見事に転がりだした。

「ふわあああああっ!!」

どうにもしまりのない声をあげながらテルが転がり落ちていく。自分も転ぶことのないよう気をつけながら、俺も急いで小道を下っていく。

「テル！　大丈夫か!?」

「う………ころんじゃった」

派手な転び方をした割には、目立った傷もなさそうだ。良かった、大事にならなくて。少々涙目になっているが、痛みではなく恥ずかしさからくるものだろう。

「ケガは？」

「足を軽くくじいたかな。でも問題ないよ。カモトキくんが肩を貸してくれたら」

厚かましい。

でもそれがテルの良いところだと思うので文句は言わずに肩を貸して立たせてやった。

テルが俺の肩に手を回し、体重をこちらに預けてくる。この体勢、いつだったか前にもこんなことがあったような気がする。思い返せばすぐに戻ってくる、右腕に寄りかかってきた女神の祝福だ。

おかしいな、あのときと同じようにテルが俺の腕に体を寄せているのに、どうにもあの衝撃《しょうげき》が来ないな。

「カモトキくん。いま私の胸元をじっと見ていただろう」

「いいや、俺は他人の痛みに敏感なだけでなく誠実な人間だ。そんなことはしない」

「嘘《うそ》つけ。さては、私と三雫《みしずく》を比べて心の中であざけ笑っただろう」

「い……いや、そんなことはして、ない。僕は誠実な人間です」

「ふーん？」

鋭《するど》い。テルの勘も、俺をにらむ視線も。

しかし、身体的特徴を理由に他人を中傷するような幼いマネはしたくない。テルのためにも、ここは黙《だま》っていてやるのが優しさというものだろう。

「……私が言うのもなんだが、三雫はパジャマ姿になると特にすごいんだよなー」

「ど、どういうことだ？」

「想像してみろ、カモトキくん。あいつがベッドで横になっている姿を。私ははじめ、あいつが仔《こ》ウサギを二羽抱えながら寝ているのかと思ったくらいだ」

「二羽の仔ウサギ……二羽の仔ウサギ⁉　それはいったいどういう絵面なんだ⁉」

「ふかふかでもふもふで、ふわふわでふにふにして……そこには人体の奇跡がまんまるとたたずんでいた」

「やめろっ！　必死で考えないようにしてるんだから！　男なんてみんな同じだと思われたくないがために、男子高校生がどれほど苦労しているか、お前にはわからないんだっ！」

「ベイスターズ、カープ、ドラゴンズ、イーグルス、ファイターズ、ジャイアンツ、ホークス……この並びで言うと、おそらく三雫はジャイアンツレベルだな」

「やめろっ！　どういう意味かはわからないけどジャイアンツレベルってことはきっとすごいって意味なんだろ！　やめろ、想像させるな！　俺を低俗に貶《おとし》めるな！」

「大親友の私から見ても三雫はとてもいい子だよカモトキくん。だがしかし、君には悲しい事実を教えてやらねばなるまい」

「な、なんだよ」

「君にとっては残念なことだろうが……三雫は男を見る目があるんだ」

「ぬああああああああああ‼」

「あっ脇はやめろいひひひひひひ!!」

残念なんかじゃない、残念なんかじゃないぞ。自分にそう言い聞かせながらテルをくすぐり倒していたら、一部始終を見ていた美浜《みはま》先生に怒られてしまった。

「加茂《かも》、赤村崎《あかむらさき》……学校でちちくりあうのはやめなさい」

「助けて美浜先生！　ちちくりあってるんじゃないです、私が一方的にちちくられているんです！　あひゃひゃひゃっ!!」

「ちちくるという言葉を辞書で調べた方がいいぞ赤村崎」

美浜先生の表情が怒っているというより同情しているとしか思えないものになってきたのを感じて、仕方なくテルを解放してやった。足を痛めていることも相まって、ふらふらと不安定な動きでテルが俺から逃げていく。

「よく考えたら、学外の裏山に二人だけで行かせるのはちょっとよろしくないな。よし、私も行こう。加茂、そのアトリエとやらに案内しなさい」

「え？　だって先生は弓道部が」

「いいのいいの、いつも私抜きでもきちんとやってるんだから。私は自由行動だから」

「それって先生がサボりたいだけなんじゃ」

「ん？　教員に口答えするのか、加茂。親に電話入れるか？　ん？」

権力を利用して上から抑えつけるとは見上げた悪党だ。

さすがアメリカ人の話す言葉を仕事にするだけあるな……。

＊＊＊

だいぶ深くまで分け入ってきた。グラウンドで響《ひび》いていた声はもうまったく聞こえない。そろそろ辿《たど》り着く頃だろうか。

一度行ったことがあるだけだから、道案内も実はあまり自信がない。もしかしたらいま遭難している最中なんじゃないか……なんて不安を感じはじめたところでついにあのプレハブ小屋を見つけることができた。

「あれか、加茂」

「はい」

「ホントにあったとはなぁ」

「生徒を信じてくださいよ……」

「で、大戸《おおと》三雫《みしずく》とここで何をしていたんだ」

「……生徒を信じてくださいよ」

信じてくれ、それ以上のことは言えん。

何かしら過ちが起こっていれば俺とて意味ありげににやりと笑ってみせたものを、残念ながら正真正銘何もなかったので何一つ弁明をする必要がない。

アトリエには昨日と同じようにカギがかかっておらず、ドアは簡単に開いた。

一歩入ると蒸した空気に体中が包まれて、不快感ばかりが肌を走った。こりゃひどい、春でこれなら夏にはどうなっちまうんだ？　こんなところで絵を描いていたなんて、にわかには信じられないね。

よし、小屋があることは二人に証明できたな。これで目的は達成だ、さぁ帰ろうと振り向いた先にいたテルは、落ち着きなく部屋中を見回して、何かに気づいた顔をしていた。

「ここは……………もしかして……………センパイのアトリエか⁉」

「は？　センパイのアトリエ？」

「カモトキくん！　ここは三雫《みしずく》に教えてもらったんだよね？」

「おお」

「なんてこった……じゃあ三雫はもう見つけてたのか」

「何を」

「大戸《おおと》センパイのアトリエを、だよ」

ああ。

三雫さんのお兄さんということは、大戸輝明《てるあき》は俺たちより年上だ。だからテルにとってはセンパイなのか。

　中学が同じなのかはたまた他の場所で出会ったのか、本人の写真もないのに彼のアトリエだとわかるほどに親交が深かったのだろうか。

「校舎の外に……だからいくら探しても見つからなかったのか……三雫のヤツ、よく見つけたな」

「なんだよ、探してたのか？　センパイに教えてもらえば良かったのに」

「……センパイは教えてくれなかったんだよ」

　じゃあ知らずにいた方が良かったんじゃないのか？　なんてことを思ったが、テルは特に気にしていないようなので俺も気にしない。

　心なしか、先日訪れたときより美術品の数が減っているように感じた。そういえば、作品を移すと久保《くぼ》老人は言っていた。もういくつか移されているということなのだろう。

「……『海』だ……サインもある……間違いない、センパイの絵だ」

　前は気づかなかったが、絵にはたしかに『Wilhelm』とサインが書かれていた。

　テルは『海』というタイトルも知っていた。黒く塗りつぶされただけの絵に名前がつけられていることを知っていた。三雫さんの兄と面識があるというのは本当のことだったらしい。信じていなかったわけじゃないが、ようやく実感が伴ってきた。

　しかし、連れてきたはいいがこれからいったいどうしようというのだろう。テルは真剣な表情で大戸輝明の絵を眺めてはまたぶつぶつとつぶやいている。何かしら目的を見つけたらしく、珍しく大真面目に部屋の中を物色している。

美浜《みはま》先生は物珍しげに部屋を見回して、美術部が使っている場所だということに納得して、すでに目的を果たして手持無沙汰に立ち尽くしている。先に弓道部に戻ってくれて構わないんですよ。

同じように暇を持て余す俺も適当に腰かけ、勝手に人を入れてしまったことを三雫《みしずく》さんにな

んて説明しようかと考えていると、突然アトリエのドアが開かれた。そうだ、三雫さん以外に

も弁明しなくてはならないのを忘れていた……。

「おれの小屋に入り込んでいるのはどこのどいつだぁ!!」

ド迫力。

怒鳴り込んできたのは巨大な体躯《たいく》と猛《たけ》り狂う声。一瞬《いっしゅん》、熊が入ってきたのかと思った。

「こんにちは、久保《くぼ》さん。加茂十希男《かもときお》です」

「ああ!? ああん!? ………なんだ、オカモトくんか!」

ちげーよ。誰《だれ》だよ岡本《おかもと》くんって。

他人の名前を自由に並べ替えたり省略したりするのやめろよ。

それにしてもこのジイサン、いつも絶妙なタイミングで乱入してくるな。

「あ!? こらこら、作品に触っちゃいかん! そこの子!」

無礼にも作品に触れていたのはもちろんテル。テルは久保老人の巨体にひるむようなことは

なかったが、その言葉には素直に従い絵を戻した。

「その帽子もだ！」

「ん？　帽子は私のものですが？」

「おっ？　そうだったか？　すまん、勘違いをしたか。見てもいいが、あんまり動かさないでくれよ！」

美術部が帽子を作ることなんてあるのか？　勘違いするにしても的外れすぎないか？

「これは失礼しました。勝手に入って申し訳ありません。美浜と申します、英語教師をしておりまして……」

「んん⁉　あんた学校の先生か！　ちょうどいいぞ、話したいことがあんだ！」

そこからの久保老人はすごかった。俺のこともテルのこともまるで無視して、美浜先生を相手に先日話してくれたタバコの件をぐちぐちと文句をぶつけていた。

俺たちが勝手にあがりこんでいたことには何も言わないのに、タバコに関してはひどく口うるさく注意する。あ、そうか、絵が多いから火には気を使うのか。

「カモトキくん……」

「なに？」

「あの老人は？」

「この小屋の持ち主だよ。久保さん。大戸《おおと》輝明《てるあき》の絵のファンらしい」

「ふーん……あの家に住んでいるのかな」

「え？」

テルが窓を指さす。窓の外を見ると、たしかに木々の隙間から山中にたたずむ大きな屋敷《やしき》が見える。交通の便というものを無視すればこの上ない優良物件だ。もしかしてお金持ちなのかな、このジイサンは。

ここから見える位置に住んでいたのか……ああ、だからここに絵を置きっぱなしにするのか。いつでも気軽に見に来られる距離《きょり》だから。

俺がひとりで納得している間も、久保《くぼ》老人は美浜《みはま》先生相手に舌鋒鋭《ぜっぽうするど》くまくし立てていた。女子高校生にはあれだけ甘かったくせに女教師には厳しいのか。このジイサン、選《え》り好みがひどいぞ。

「とにかく、うちの生徒が私有地に入り込み喫煙をしているのなら問題です。今後はこの小屋に生徒が行かぬよう配慮《はいりょ》する必要がありそうです」

「そうしてくれると助かりますんで！　いや、犯人捜しをしようってんじゃありませんがね、高校生がタバコってのはまずいし、それにほれ、中の作品に火が燃え移るともっとまずいんで。一大事になる前に手を打ってくださると助かります！」

「はい。ご迷惑をおかけして申し訳ありません」

「そんでこれからの対処ですが――」

この分だと、どうやらこの小屋の使用は禁止になるかもしれない。あの抜け穴も、教師側に知られたとなればいずれは塞がれるだろう。ちょっと残念だが仕方のないことだ。

美浜先生と久保老人が話し込んでいる間、テルはなぜか天井ばかりを見つめていた。作品群には見向きもせずに、ただ一念に天井だけをにらんでいる。その姿はまるで天井から何かを探し出そうとしているみたいに見えた。何かを——痕跡を。

「テル？　どうしたんだよ、何か考え事か？」

「ん……うん、ちょっと聞きたいことが……あ、いや、それはいいや。とにかく先に目の前の問題を片づけよう。誰《だれ》かがここでタバコを吸っていたんだったな。カモトキくん、ちょっと」

「なんだ？」

テルがくいくいと指招きをする。どうやらナイショ話がしたいらしく、そのまま指を口許《くちもと》にあてて静かにしろと合図をしてくる。言いづらいならこの場で話さなければよかろうに、仕方なく近くに寄って小声で答えてやる。

「どうした？」

「まずい状況だね、このままだと君か三雫《みしずく》が犯人扱いされるよ」

「はぁ？　なんで？」

「犯人捜しをしたいわけじゃない、と久保老人は言うが教師としては犯人を捜さないわけにいかないだろう。そして探さなきゃ見つからないこんな場所でタバコが見つかったとなれば、ここの存在を知っている君か三雫《みしずく》が犯人だ」

「マジか……あ、待て、俺がここを知る前からタバコあったって言ってたぞ！」

「なら三雫だけが容疑者か……まずいな。あいつの監視《かんし》が厳しくなれば、結果として寮《りょう》の同室である私まで監視されてしまう」

「そんなことどうでもいいんだよ！」

「部屋の捜索なんてされたらどうしよう……三雫が部屋に物を置かない人間であるのをいいことに私だけ私物を持ち込みまくって散らかしていることがバレてしまう……！　寮の鉄則は二者同権なのに！」

「さっさと処分しろよ権力者め！」

「なんとかごまかすしかないな……時間制限もあるというのに」

「時間制限なんてあるか？」

「お好み焼き屋の割引券、あと一時間で失効だ」

「大親友にかけられた嫌疑より食いもんが優先か⁉」

優先順位を考えた結果がそれか⁉

「じゃあどういう方向に分析しようか」

「なんでもいいよ、分析はお前にしかできないんだから、テルの好きなように」

「わかった。じゃあタバコを使用した時限式発火装置で山火事を起こそうとした人間がいるこ

割引券

とにしよう。よし」

「待て！　待て待て待て！　ちょっと待ってテルちゃん！」

「なに？」

「どうしてそう奇抜な答えに向かうんだ！」

「斬新なアイディアの方がウケると思って」

「馬鹿！　斬新なアイディアより完成度の高さの方が大事なんだよ！　世間の評価っていうのはそういうもんなの！」

「じゃあどうすれば？」

「極めて普通に！　妥当な分析の結果として容疑者から三雫《みしずく》さんを外せばいいんだ！」

「わかった」

　不満げに口をとがらせながらもテルは納得してくれた。少なくとも、納得したような形で俺から離《はな》れていった。大丈夫かな……。

　そしていつものように大げさな仕草と口調で、大好きな分析作業をはじめた。

「美浜《みはま》先生！　私、わかります！　私がタバコについて分析します！」

「なんだ赤村崎《あかむらさき》、知っているのか？　誰《だれ》の仕業か」

「知りはしませんが、考えればすぐにわかることです。分析してみましょう。ここは分析部の私にお任せください！」

今日も今日とてテルが吐くのは大言壮語。自信たっぷり余裕しゃくしゃく、聞いているこっちが不安になるような強気の言葉。三歩進んで二歩進むそのやり方が俺は怖くて仕方ないよ。

「分析って……タバコの吸い殻が残っているだけだぞ。これで犯人が特定できるのか、赤村崎」

「個人の特定は難しいでしょう。しかし範囲《はんい》の特定ならむしろ簡単なものですよ！　私に言わせればね！」

ゴール地点を自分で決めているんだからそりゃあ難易度も自由自在だろうさ。分析という行為に対して俺自身が何かしら意見を持つわけではないが、容疑者から三雫さんを外すという目的ありきで分析をはじめるというのはいかがなものか。真理を追究する者の姿勢とは思えないが大丈夫なのかな。

「まずは情報収集だ。久保《くぼ》老人、いくつかお聞きしてもよろしいでしょうか」

「分析……輝明《てるあき》くんみたいだな君は……おお、なんでも答えよう」

三雫さんのお兄さんもテルのように分析をする男なのか……。

そういえば、いまのテルは大戸《おおと》輝明のコピーキャットのようだと三雫さんが言っていたかもしれない。オリジナルにちょっと会ってみたいような気がする。でも十分以上一緒にはいたくない気もする。

「ではお聞きします。私たちがここに来たとき、この小屋にカギはかかっていませんでしたが普段からそうなんですか？」

「カギはかけとらんね。人が来るようなところじゃないし、金目のものがあるわけじゃないし、そもそもカギは壊《こわ》れてるしな」

「カギがかかってない……ここはあなたが普段から使用しているわけではない、そうですよね」

「ああ。時々、輝明《てるあき》くんの作品を見に来るくらいだね。」

たかが一高校生の作品にそこまで惚《ほ》れ込んでいるのか。美術的価値もないのに……ま、美意識なんて人それぞれだもんな。

「ふむふむ。三雫《みしずく》がここを見つけたのはいつごろのことですか」

「んんと、三週間くらい前かなぁ」

「では、三雫がここに誰《だれ》かを連れてきたことは？」

「カモトくんがはじめてだなぁ」

カモトくんじゃねーっつーに。

久保《くぼ》老人が協力的であることを受けて、テルも休まず質問を積み重ねていく。

「三雫とカモトキくん以外にこの場所を知っている人間は？」

「美術部の子たちには使っていいって言ってあるぞ。まぁ、機会がないのか一度も来たことないけどな」

そりゃあ来ないよな。遠いもん、ここ。

それに、冬は寒そうで夏は蒸し暑そうだ。

「喫煙していたのは美術部の人間、ということか赤村崎《あかむらさき》」

「まさか、タバコを吸うためにわざわざこんなところに来るはずないですよ美浜《みはま》先生。結論は急ぐべきじゃない。もう少し分析を続けましょう」

そうだ、もう少し続けよう。

いまのところ、まったく容疑者の範囲《はんい》は特定できてないけど大丈夫かな。

疑問点のひとつも浮かび上がっていないのだけど。

「久保老人、吸い殻はどこに落ちていたましたか？」

「ぜんぶゴミ箱の中だよ。それ、そこの」

「これか……ステンレス製だな」

テルがゴミ箱の中を覗《のぞ》き込む。

積極的に情報を収集する姿勢は素晴らしいが、それで本当に容疑者の範囲を特定できるのか？　目的を忘れて分析を楽しんではいないか？

「一方では石膏像《せっこうぞう》にタバコを押しつけ、一方では安全を配慮《はいりよ》してステンレス製のゴミ箱に吸い殻を捨てたのか？　うーん、どんな人間なんだ……？　んん？　この像、センパイの作品じゃないな」

「おお、それは輝明くんに教わりながらおれが作ったんだ。若い頃の自分をイメージしたんだが、どうにもうまくいかんでなぁ。化け物ができあがっちまった」

自分で自画像を化け物と評するとは、なんという勇気だろうか。安心してください、よく見てみるとあなたにそっくりですよ。

テルがいきなり何をするかと思えば、ゴミ箱から吸い殻をひとつつまみ上げた。ばっちぃからやめなさい。

「タバコの吸い殻……長め、かな？　どう、カモトキくん」

「おお、長いな。あーあーもったいない吸い方をする。これじゃあもっと増税した方がいいな」

「タバコの吸い方を知らない……のかな」

「かもしれないなぁ」

「カモトキくん。タバコって、一箱に何本入ってるか知ってる？」

「二十本だろ、それがどうしたんだよ」

「なぜ知ってる加茂《かも》……」

美浜《みはま》先生が変な目で俺をにらんでいるが気にしない。

そんなことよりテルの分析の続きを。

「ゴミ箱の中にあるタバコの吸い殻、これも全部で二十だ。銘柄も全部同じ。どう思うカモトキくん」

「アトリエで全部吸っていきやがったのか。ふてぇ野郎がいたもんだ」

「そういう問題じゃない」

「とんでもないヘビースモーカーだ。通院を義務付けた方がいい」

「そういう問題でもない！　そうじゃなくて、おそらくすべては同じ箱から取り出されたタバコだってことだよ」

「おお、だから？」

「ないんだよ、空き箱が。吸い殻はこんな風に雑に捨てられていたはずなのに、喫煙者はなぜかタバコの空き箱だけは義理堅くも持ち帰った。これはどういうことだろう？　どう思われますか、美浜先生」

「むむ。ちょっと奇妙な感じがするな」

俺はちっとも奇妙だと思わないが、美浜先生はそうでもないらしい。さっそく空気に流されてテルの魔術《まじゅつ》にはまり出している。すごいなテル、知らぬ知らぬうちに俺のことも騙《だま》してはいないだろうな。

「そもそもこの喫煙者は、なぜこんなヘンピな場所に長時間いなければならなかったのか？　カモトキくん、タバコって一本吸うのに何分くらい時間がかかるか知ってる？」

「吸い方にもよるけど、だいたい五分くらいだろ」

「なぜ知ってる加茂……」

美浜先生が変な目で俺をにらんでいるが気にしない。

そんなことよりテルの分析の続きを。

「一本五分として、二十本で一時間半以上だ。二時間近くここにいて、ただタバコを吸っていたんだろうか……？」

テルのその言い分にはさすがに美浜《みはま》先生が待ったをかけた。

「待て、待て。一日ですべて吸ったとは限らないだろう。何度か足を運んだんじゃないかな。時間を潰《つぶ》したくなると度々ここに来て吸っていたと考えればいいじゃないか」

俺は美浜先生の意見に一票。

だけどテルはまだ反論の余地があると考えているようで。

「複数人が何度も来ている……本当にそうなのでしょうか？　タバコの吸い殻はちょうど一箱分、すべて同じ銘柄で、すべて同じような長さで残され、すべて同じゴミ箱に入れられている……それになにより、三雫《みしずく》がここを何度も訪れているのに三雫はまったくこの件について知らなかったのでしょう？　日常的にここで喫煙が行われていたとは考えにくい」

「む……それだと、大戸《おおと》がタバコを吸っていた、と考えれば辻褄《つじつま》が合うんじゃないか？」

おいおいおい！

ダメじゃんテル！

どうフォローを入れようかと俺が必死に言葉を探していると、なぜか久保《くぼ》老人が代わりに横から口を出した。

「いやいやいや三雫ちゃんは違うよ先生！　あの子はお兄さんの絵を見に来ているだけなんだ

から！」

　俺は久保老人の意見に一票。

「私も違うと思います。あいつがタバコを吸っているならルームメイトの私が気づきますよ」

「うーん……」

　美浜先生はまだまだ納得していない様子だ。

テルの分析に対してはある程度の信頼《しんらい》があるが、三雫さんの容疑については懐疑的《かいぎてき》らしい。

どうするんだよテル、ここから逆転することができるのか？

「そもそも、このタバコはいつ吸われたのか分析してみたい」

「いつ？　ん？　テル、どういう意味？」

「そのままだよ。喫煙者はいったいいつここに来てタバコを吸ったのかってこと。場所が場所だ、夜中ってことはないだろ。それじゃあいったいいつなのか。どう思いますか、美浜先生」

「それは……嘆かわしいことだが、授業中じゃないか？　グラウンドで体育の授業があって、次の授業が面倒でそのまま抜け出してここで一服……なんていかにもありそうじゃないか」

「私もそう考えましたが、それだとどうにもおかしいんですよね」

「何がおかしいんだ？」

「遠すぎるんですよ、ここだと。もし、第二部室棟のそばだとかグラウンドの隅だとかにタバコの吸い殻があったならともかく、この小屋は隠れた小道と抜け穴を通りしばらく林の中を進まないと見つからない。そこまでしなくても、喫煙はバレないでしょう？」

「む……たしかに、そうかもしれない」

騙《だま》されてる……。

高校教師が高校生にうまいこと騙されはじめている……。

「わざわざこんなに遠くまで来たってことは、少なくともグラウンドの陰程度では隠れることができないってことですよ。つまり、タバコの吸い殻が捨てられたのは校庭に多くの人がいたとき……放課後、運動部が部活動を行っているときと断言できます」

断言できちゃうってのはさすがに疑問が残るけど、美浜《みはま》先生は納得してうんうんと繰《く》り返しうなずいている。教師は成績の良い生徒の言葉を自然と信じてしまうと聞いたことがあるが本当だったんだな。良かったなテル、普段の勉強をがんばっているおかげでオオカミ少年にならずに済んだな。

「ということは、放課後にこのタバコはアトリエまで来たはず……放課後にここに来るとなればかなり限られますね。たとえば文芸部の人間が放課後にタバコを吸おうと思ったとしても、ここにはまずやってこない。もっと手近な場所があるはず、少なくともこんなに遠い場所は選ばない」

うまいこと話をずらしていくものだ、三雫《みしずく》さんを容疑者から意図的に遠ざけていってるのがよくわかる。分析部はやめて詐欺部に改名しよう。

「なるほど……ということは、誰《だれ》がタバコを？」

「もちろん、放課後にこの近辺にいる可能性の高い人ってことですよ美浜先生！　つまり！第二部室棟を使用する部のどこか、そこに所属する誰かがこのタバコをここまで持ってきた、そう考えるのが最も妥当でしょう！」

「なるほどなぁ。案外やるじゃないか、赤村崎《あかむらさき》」

テルが褒《ほ》められている。

どんなに素晴らしい成績を残してもなんとなく褒めたくなくなる性格をしているテルがここまで素直に褒められるのは珍しいことではないかな。

「分析完了だ、これでだいたいの情報はそろった。犯人の範囲《はんい》もある程度絞り込めた。あとは他の情報を統合するだけ……ここから先は想像の範疇《はんちゅう》になりますが、先生、それでもいいですか？」

「うん、いいぞ、ぜひ教えてくれ」

なぜか先生が教えを乞う立場になっている。どんどん先生を間違った方向に誘導している。不安になってきたぞ、俺たちいま悪いことしてないよね？

「あくまで証拠のない推測になりますが……これらのタバコは使用されたのではなく、処分されたんですよ。それなら筋道の立った説明ができます」

「どういうことだ？」

使用されたのではなく、処分された？　でも火がついた跡があるけど……？
吸わずに捨てたってことか？　でも火がついた跡があるけど……？

「私の分析が正しければ、このタバコは第二部室棟を使用する部の誰《だれ》かが所有していたものだ。しかし第二部室棟を使用するのはほとんどがグラウンドや体育館で活動する運動部だ。文化系の部活は校舎でやるからな。運動部にタバコはご法度。あ、いや、未成年なら誰でもダメだが……運動部なら余計に悪いって意味」

気分が乗ってきたらしい。テルは独白する。自由に言葉をつむいでいく。

その目にはもう美浜《みはま》先生も久保《くぼ》老人も映っていない。テルに見えているのは架空の犯人と想像の世界だけ。論理の床が伸びていく。証拠が壁《かべ》を作り上げる。テルにだけ見える小部屋の中で、目に見えない誰かがタバコの箱を握りしめている。

「たとえば、自分の所属する部活の部室でタバコが見つかったらどうだ？　それが自分のものでないとしても、見つかってしまえば一大事だ。では、偶然に発見してしまった彼はそのタバコをどうするだろうか？　しかもそれが先輩《せんぱい》とか、注意しようにもできない相手のロッカーの中から見つかったら？　人知れず処分してしまうのがベストだ」

美浜先生が何か口を挟もうとしたがテルはまったく見向きもせずに、分析結果を滔々《とうとう》と語り続ける。

「処分するならどこに？　近くのゴミ箱に捨てる？　そいつはまずい、どこであろうとタバコが見つかれば犯人捜しがはじまる。では自分で持って帰るか？　バレたときのリスクが大きいし、運動部員なら過敏になってもおかしくないケースだからその可能性は低い。それならどうする？　人目につかない場所で処分できれば最高だ……もし彼が、裏山の中にあるアトリエのことを知っていたらこれこそ妙案だと思っただろう。小道を進んで、抜け穴を通って、誰も知らないプレハブ小屋へ。そこなら誰にも見られずに処分できる」

おお、デタラメだとわかっている状態でテルの分析を聞くと笑っちゃいそうになるな。種明かしをされたあとの手品を見ているようだ。

「カギはかかっていない、中に入ると人が使用している様子もない。まわりに人がいないことを確信し、そして彼はタバコを処分する。タバコがあればライターもあっただろう、だから彼はライターを持ってここに来て、一本一本に火をつけて処分した……吸うわけじゃないからどれもほとんど火が進まないうちに捨てられた。二十本すべてが、均等に処分された」

彼ってのがいったい誰かはわからんがかわいそうなヤツだ。

部活の仲間の尻拭いをしなければならないとは。わかるぞ、同じ部活に変なのがいるといろいろと大変だよな。うんうん、よくわかる。

「しかしここで問題発生だ。推測が正しければ、この犯人は普段タバコを吸わない人間だ。だから火をつける前に当然確認しておくべきことを見落とした……灰皿だ。この小屋には灰皿がない。火をつけた後にそのことに気づいた彼は、視界に飛び込んできた石膏像《せっこうぞう》にあわててタバコを押しつけてしまった……」

床に落として靴で踏《ふ》めば良かったのにな……あ、もちろん、自分で灰皿を用意するのが一番良いと思うけど。

「ここまでくればあとの問題は二つだけ。タバコの空き箱と、ライターはどこに消えたのか？どうですか、久保《くぼ》老人。何か思い当たることはありませんか？」

テルの目が久保老人に何かを訴えかけている。

ご老人をにらみつけて脅すとは何事か、いくら要求してもないものは出せない。これには久保老人もたいそうお困りだろうと思いきや、久保老人は両手を顔の前でぽんと叩《たた》いてみせた。

「思い出した！　そういえば、ライターも空き箱もあったぞ！　犯人がわかるかと思っておれが持って帰ったんだった！」

……すごいぜ、テル。

すべてを見通すお前の眼力こそが未来を創る希望の力だ。

「ん！　さて、これで私の仕事は終わりかな？　あとは美浜《みはま》先生にお任せします」

「どうした、もう終わりか？　かなり良い感じに進んでいたと思うが」

「これ以上は私たちが干渉しない方がいいと思いますよ。私の分析通りなら、犯人が所属する部活は第二部室棟を使用する部で、タバコが見つかるとまずいような運動部で、なおかつ監督《かんとく》者の目が厳しくなく、先生が常駐《じょうちゅう》しないためにタバコを捨てに行くタイミングが存在する……

そんな部です。弓道部はたしかあそこを部室として利用していましたよね。それに美浜先生、弓道部の活動には毎日参加されるわけではないそうですが」

「……どういう意味だ、赤村崎《あかむらさき》」

「これ以上は私たちが干渉しない方がいい……そう申し上げましたが？」

嬉《うれ》しそうにテルがほくそ笑み、美浜先生が苦々しく笑った。

なんだろうこのむずむずする気持ちは。俺も笑っていいのかな。

「行こうカモトキくん！　お腹も空いてきたし、さぁお好み焼き屋に行くぞー！」

元気よくドアを開けて出ていこうとするテルを久保老人が引きとめた。

「待ってくれ！　ええと、テルちゃん！」

テルは止まる。止まる、が、早く行きたいという気持ちを隠しもせずに、そわそわと動きながら答えた。

「なんでしょう？」

「その帽子、それに分析……君はいったい……？」

「大戸《おおと》輝明《てるあき》の……ただの知り合いです」

そう言ってテルは、一仕事を終えた清々《すがすが》しい顔でアトリエを後にした。

俺がただの知り合いって言ったときはあんなに反発したくせにこいつ……。

＊＊＊

一歩外に出て歩き出してみれば、さっきまでは分析に夢中で忘れていた暑さの感覚がよみがえってきた。美浜《みはま》先生は久保《くぼ》老人とまだ何か話しあっているのか、なかなか追いかけてこない。早歩きで進むテルはどこか顔が赤らんでいる。あれだけの演説を披露《ひろう》したあとではいくらか疲れもあるだろうに、そんな様子はちっとも出さずにただ楽しげに進んでいく。

くじいたはずの足で元気に歩いているということは、転げ落ちたときのケガもたいしたことなかったみたいだ。

しかし、お好み焼きがそんなに楽しみなのか？　お好み焼き、割引、心惹《ひ》かれるフレーズではあるけれど、別に今日じゃなきゃいけないわけでもないのになぁ。

ま、いいか。

今日は三雫《みしずく》さんのために働いたんだもんな。ヴィルヘルムの妹のためにがんばったんだし、本人もどこか充足感を手に入れたのだろう。だからあとは、俺にもその感覚をわけてくれればそれでいいんだぜ。

「なぁ、テル」

「なに？」

テルは止まらない。ジイサンの呼びかけには止まったのに俺が話しかけると止まらない。なぜだ。割引券の期限はそんなにぎりぎりなのか。

「テルにはもうわかってるんだろ？」

「何が？」

「本当のこと。あんなに分析ができてるってことは、あのタバコ、どんなヤツが捨てていったかわかってるんじゃないの？」

「ああ……おそらく、としか言えないけど」

「聞かせてよ。どうせ学校に戻るまで時間があまるしさ」

「うん。今回の件は、真相を見抜くこと自体は簡単だよ。容疑者が三雫しかいない、というはじめの状況が作られたことがそもそもおかしいんだ。ただタバコを吸うためだけにあんなわけのわからない場所にある小屋に行くヤツがいるはずないってことさ」

「ん？　他に目的があったってことか？」

「違う。誰《だれ》もタバコなんか吸ってないってこと。うちの学校の生徒が吸ってる……そんな確証がどこにあった？　久保老人がひとりで言っていただけじゃないか。容疑者の範囲《はんい》が高校生以外にも広がれば答えはすぐだ。あの場所を知っている人間は限られているからね。犯人はもちろん、久保老人だよ」

「久保さんが？　本気で言ってんのか？」

「これは間違いないよ。確認だってしたでしょ。ライターが見つかったかって聞いたらあの人は見つかったって答えた」

「それが何だっていうんだ？」

「ゴミ箱の中には吸い殻はあったけど灰はまったく落ちていなかった。小屋のどこにも灰は見つからなかったから、あの場でタバコに火がつけられたわけじゃないことは明白だ。だけど久《く》保《ぼ》老人はライターが見つかったって嘘《うそ》をついてくれただろ。私の分析に合わせてくれたんだ。私の言葉を裏付ければ、自分の目的が達成できるからね」

「目的、ねぇ。ってことは、あのジイサンが吸ってたのにうちの学生のせいにしたってこと？」

「違うってば。彼はタバコを吸わない。タバコのにおいはしなかったし、あの小屋には灰皿がなかっただろ。日常的にあの場で吸っていたということはありえない。それに、彼にはタバコを吸ってはならない理由がない。他人のせいにする必要がない」

「んー？　じゃあどういうこと？」

「久保老人は、自分が吸うわけでもないタバコを用意してあの場に捨てた。そしてうちの生徒のせいにした」

　ということは……タバコを吸っていた人間なんてそもそもいなかった？

テルが答えをでっちあげるより先に、あのジイサンが事件をでっちあげていたってことか？

「なんでそんな無意味なことを？」

「もちろん久保老人にとっては無意味じゃなかったからだよ。きっと理由付けがしたかったんだろう。ここは誰《だれ》かが使っている、しかも未成年の喫煙というほめられたものでないことが起こっているとくれば、立ち入りが禁止されるのも時間の問題だ。作品をよそへ移すのも自然な行動になる」

「あ……作品のためか⁉　大戸《おおと》輝明《てるあき》の作品が欲しかったから、だからあのジイサンは喫煙者をでっちあげたのか⁉」

「それも違うなー。作品ならいつでも動かせたはずだろ。それに小屋にカギをかければ誰にも手は出せないわけだし、あんな位置にアトリエがあっては誰かが勝手に持っていくこともない」

「……降参、わかんねー。なんであのジイサンはそんなことをしたんだ？」

「久保老人はあそこを普段使っていないはずなのに、三雫《みしずく》が発見したことにはすぐに気づいた。そして今日私たちがアトリエに行ったときもすぐに姿を現した。これらは偶然じゃないよ、彼の家から見えるんだ、アトリエの内部が」

「家から……」

「彼の家はアトリエの窓からも見えてたでしょ？　双眼鏡か何かあれば見えるんだろうねぇ」

「それで？」

「だから彼には見えていた。あの場で、三雫が何をしていたのか。三雫の姿を見たからこそ、タバコを置いて人を遠ざけようとしたんだと思う」

「んん？　わからないぞ？　どういう意味？　三雫《みしずく》さんが何かまずいことをしてたのか？」

「フフフ。考えてみて」

考えてみてと言われても、それはテルや三雫さんのような人だから答えを見つけることができるわけで、俺みたいな凡人がいくら頭をひねったって何もわかりゃしないさ。

「無茶言うなよ。誰《だれ》もがお前みたいに分析できるわけじゃないんだぞ」

「そうだね……うん、そうだ。常に何かを疑い続けるなんて、いつでも誰でも答えに気づくことができるなんて、そんなの現実的じゃないことはわかってる」

そこまで言うと、なぜかテルは歩くのをやめた。

さっきまでの高揚した気分を抑えて、にわかに表情を真剣にして、そして自分の帽子を脱いでみせた。

いつでも愛用するニット帽。

矢の刺さったリンゴのマーク。

ここまで情報が見えてくれれば、俺にもわかる。たぶんそれはヴィルヘルムが、三雫さんのお兄さんがもともと所有していたものだったのだろう。なんでテルがそれを持っているのかはわからないけどな。

「誰かが表に出せない何かを隠しているとして、すべてを理解するだなんて不可能だってわかってる。だけど、私たちにはその努力をする義務があると、私はそう思う。私は………違う、私じゃない、ヴィルヘルムがそう言っていたんだ」

　手の中で帽子を遊ばせて、テルの声がどんどん落ち着いていく。

　普段の声じゃない。いつものように、くだらないことを大真面目に分析しているときとはまったく違う声で、テルはヴィルヘルムの名前を口にする。

「この帽子。これ、本当はセンパイのトレードマークなんだ」

「……………ああ、そんな気がしてたよ」

「彼はこの帽子をいたく気に入っていて、とっても大事にしていた。私は欲しいと何度も言ったけど、絶対に手放さないだろうと思ってた。だけどある日、これを私にくれたんだ。本当に突然で、まさかもらえるとは思ってなかったから驚《おどろ》いたよ」

　そう話すテルの表情はとてもおだやかで、人をからかうような普段の軽薄《けいはく》さはどこにもなかった。

　尊敬するセンパイ。

　真似《まね》たくなるような、あこがれたくなるような、テルにとっての理想の人。

　そんな人が突然に、自分のトレードマークをくれたとしたら?

「すごく嬉《うれ》しかった。大好きだったセンパイが、一番大事にしていたものを私にくれたんだ。私は笑顔で受け取ったよ。ただ嬉しくて仕方なかった。帽子をもらえばどうなるかなんて、考えもしなかった」

「帽子をもらって……どうなったんだ？」

「センパイはその日の夜に首を吊《つ》ったよ」

喉が鳴った。

冷静になった頭は、肌にしたたる汗を冷たいと感じていた。

感情と、音が止まってしまった。

テルのおだやかな声だけが、時間を進める術《すべ》を持っていた。

「おかしいと思うべきだったんだ。手放すはずのないものを手放した。くれるはずのないものをくれた。誕生日でもないのに、私が一番欲しかったものをくれた。もっと深くその意味を考えるべきだったんだ」

もっと深くその意味を。

水面下にあるものを。

ヴィルヘルムの言葉を、いまでもテルは抱えてる。背負ってる。

「私には気づくことができたんだよ。三雫《みしずく》には無理だった。あいつが別れの手紙に気づいたときには、もうセンパイは死んでいたから、私だけが、気づくことができたんだ」

幼なじみのルームメイト。

俺の知らないところで彼女たちが共有していたものは、一つの死だった。

探さなければ見つからない場所。一年かけてようやく見つけたアトリエ。いまも探り続けている『痕跡』。大戸《おおと》三雫が、俺に伝えようとしたもの。

「私はいまでもセンパイの死の理由がわからない。どうして自殺したのかいまだにわからないんだ。ずっとそばにいたのに。誰《だれ》よりも彼のことを考えていたのに。彼は私だけに、救いの機会を与えてくれたのに……」

ヴィルヘルムは分析する。

真実の追究を強いる。

ヴィルヘルムが囁《ささや》いている。

──『見過ごさないで』。

「隣《となり》にいるというそれだけで、目に見えているというそれだけのことで、私たちはすぐに何もかもわかった気になってしまう。目の前にいる誰かのことを知ったつもりになってしまう。でもそうじゃないんだ。私たちが思うよりずっと社会は複雑で、人間は多種多様で、真実は重層的だ」

テルの声がわずかに震《ふる》えているのにはもう気づいてる。

だけど、テルの言葉は止まらない。テル自身が止められずにいるように俺には見えた。

テルにとっての大戸輝明《てるあき》がどんな人間だったのか、テルが大戸輝明のことをどう思っていたのか、その答えがぽろぽろとこぼれ出てくる。

「帽子をもらえば。その先に続く出来事を想像できなかった私の失敗だ。二度と同じ失敗は繰《く》り返さない。似たような失敗を……誰《だれ》かに経験させたくもない。だから、君にも考えてみてほしい」

「考えるって……」

「ヒントはもうそろったよ。一年ちょっと前に兄を亡くしたばかりの妹。兄の遺作が詰まったアトリエで、三雫《みしずく》が何をしていたかなんて明白じゃないか。久保《くぼ》老人はいったい何を見たのか。なぜ、三雫をあの場所から遠ざけようとしたのか。もうここには来ない方が良い、久保老人は三雫の姿を見てそう考えた……」

あの静かな小屋で。

あの孤独な場所で。

彼女はひとりで、何をしていたのか？

久保老人は、いったい何を見てしまったというのか？

——ああ、そういうことだったのか。

いつの間にか、風が吹きはじめていた。

たいして強くもない風が汗をますます冷ましていく。

テルは再び歩き出し、俺もその背中を追った。だんだんと、グラウンドから声が届くようになっていた。

抜け穴を通り、またしてもこのデコボコな小道までやってきた。今度は転ばないようにと、テルをからかってやろうとしたら、思いがけず真剣な目つきをしたテルと目があって、無意識のうちに一歩引いてしまった。

「な、なんだよ、怖い顔して」

「………やっぱり、黙《だま》っておくなんてできない」

「は？」

「伝説においてヴィルヘルム・テルは実の息子の頭上にリンゴを置いて、それに向けて矢を放ってみせたという。センパイが私にこの帽子をくれたのは、『真実のためなら身近な人間にも疑問の矢を向けろ』というメッセージだったと私は考える。だから私は、ヴィルヘルムの言葉に従う」

「いきなり何を言い出すんだ？」

「ヴィルヘルムが囁《ささや》いている。陽《ひ》はまだ落ちない。さぁ、最後の分析をはじめよう」

かぶりなおした帽子の位置をなおして、テルがまっすぐに俺を見据えて微笑《ほほえ》んでいる。

身近な人間にも疑問の矢を向けろってのはつまり――俺のことも疑うべきだって、そういう意味かよ、テル。

「カモトキくん。君はどうして、この小道の前で座っていたの？」

「は？　なんだよいまさら……」

「無駄に遠出をしてタバコを吸いに行く理由はない。同様に、無駄に遠出をして日陰で休む馬鹿はいない。君には何かしらの理由があったんだ。ではどんな理由だろうか？　君とこの場所をつなぐものは何か？　ひとつしかない、三雫《みしずく》だ。今日の君の不思議な行動には三雫が関わっている」

「おいおい、何を言い出すんだよ、テル。お前おかしいぞ、急に――」

「大体の見当はついているつもりだよ、私は。あとは答え合わせをするだけなんだ。カモトキくん、君、今回の件でちょっとイタズラを仕掛けたでしょう？」

「馬鹿言うなよ、俺がなんでそんなことを」

「君は大戸《おおと》センパイがすでに亡くなっていることを知らなかった。だから久保《くぼ》老人の思惑に気づいたはずがない。君はついさっきまで、本当に誰《だれ》かがあの小屋を訪れてタバコを吸っていると思っていた」

「だから？」

「君は想像する。最悪の未来を思い描く。人目につかない小部屋、声の届かない裏山の中、わざわざ学校のそばで煙を吸っているような人間と三雫が出会ってしまうことを危惧する。三雫の体は、なんだ、男心をくすぐるものがあるもんね」

「……それで？」

「三雫はきっとアトリエに行くのをやめはしないだろう。だから君はルートの方を潰《つぶ》そうとした。ここを通る誰かを見張って——誰かが転ぶのを待って、この小道と抜け穴の存在を公にしようとした。これなら同時に喫煙者が誰なのかも把握することができる。今回転んだのは私だったけど、偶然に美浜《みはま》先生がそばにいたから事は結局公にすることができた。それで手を打とうとしたんだろ？」

テルのロジックは相変わらず甘い。

もっともらしいことばかり言うくせに結論はいつもデタラメ。

思い込みだけで突き進み、それらしい答えに食いついては分析と称して歓喜《かんき》する。

「あのなぁ、テル。たしかにここは滑りやすい道だけど、だからってそいつが転ぶとは限らないだろ？　誰もがお前みたいにせっかちに突き進むわけじゃないんだぜ」

「必ず転ぶ、たしかにそれは無理だよ。だけど極端に転びやすくすることならできる。私があの小道を通るときに転んでしまったのは不安定な石を踏《ふ》んでしまったからだと思っていた。だけど本当は違ったんだよ。考えてみればあの道は、少なくとも大戸センパイと三雫が何度も通っているはずなんだ。あそこまではっきりと揺らぐ石があればすでに誰かが踏みならしていそうなものだよね」

「そりゃあ推測にすぎないな」

「そう。だからここからが事実の確認だ。表には見えない、だけど裏にあるものを見つけるのが分析部の活動だ。転びやすすぎる道、その裏側は……っと」

テルはかがんで、自分が踏《ふ》み外した石を横にどけた。

そして、石の下にあったものを拾い上げた。

「球体なら何でも良かった……ってことなんだろうね。この学校で、こんなものをすぐに用意できるのは私か君くらいのもんだよ。そう思わない？　カモトキくん」

そう言ってテルは、拾ったばかりのそれを――スーパーボールを、俺に向かって投げ渡してきた。

「他の石の下にもいくつか仕掛けられているんだろうね。だけど私はこんなものを仕掛けた覚えはない。ボールの状態から言ってずっとここに置き忘れられていたわけでもない。最近誰《だれ》かが仕掛けたんだ。私でないとしたら、君しかいない」

受け取ったスーパーボールを見る。

屋上でテルが分析調査に使っていたボールとまったく同じもの。分析部の部室からここまでひとりでに転がってくることは、絶対にありえない。

「私は別に怒ってないよ、カモトキくん。たいしたケガもないし、これが三雫《みしずく》のためだったってこともわかってる。誰かが転んでくれれば、そして君が目撃者《もくげきしゃ》になれば、事を大げさに吹聴《ふいちょう》することができるようになるもんね」

テルの優しい声が俺たちの間を風のように揺れて動く。届いているのかいないのか、テルにはきっとわかってない。俺にだって、自分がきちんとその言葉を聞いているのかどうかわかっていないんだ。

俺に見えているのはただ、俺が考えているのはただ、彼女のことだけ——。

「だけどあれが君の仕業だとすると、実にたくさんの疑問があふれてくるんだ。一つに、君の攻撃性だ」

「攻撃性？　そこまで言われるほどかな」

「あのままだったらどうなるかわからなかったんだぞ。私はたまたま軽傷で済んだけど、一歩間違えば全身が傷だらけだ。頭を打ったっておかしくない。道をふさぐ手段は他にいくらでもあったのに、なぜか君が選んだのは痛みを伴う攻撃的な発想だった」

「……死にはしねーよ」

「そう。だけど傷つくのは間違いない。おかしいじゃないか。君のポリシーは何だった？　君は自分のことをどう表現していたかな、カモトキくん。他人の痛みに敏感なカモトキくん。人を傷つけることを嫌がるカモトキくん。どんなに怒らせてみても、くすぐるくらいでしか怒りを表現できない私のカモトキくん。どうして今回は、ためらうことなく人を傷つけたりしたんだろうね。そんなにタバコを吸うのが許せなかったのか？　そんなにセンパイの絵が大事だったのか？　それとも——それとも、そんなに三雫のことが大切だったのか？」

テルは分析する。

すでに用意された答えに向かって。

ありとあらゆる情報をまとめて、真っ暗な水面下を目指していく。

「君はあえて攻撃的《こうげきてき》な選択をした。ここから分析できることはひとつ。本当の君は人を傷つけることをなんとも思っちゃいないってこと。人の痛みなんてちっとも考えたりしない人間だってこと。そういえば、屋上で偽ラブレターの分析をしていたとき、君が怒っているのを見てトミノちゃんは急いで止めに入ったよね。あれは、激怒すると何をするかわからない君の攻撃性を恐れたからだ、と解釈することもできる」

——トキオ、表情が崩れてる。

よく覚えてたなそんなこと。

俺でも覚えてなかったのに。

俺でも、気づかれるとは思ってなかったのに。

「そう考えると、自分は人を傷つけないという発言を繰《く》り返したのは、自分にそう言い聞かせるためだったのかもしれない。言葉のかたよりは思考のかたより。嘘《うそ》でも口にし続ければ本音にすり替わることがあるものだ」

嘘の言葉を積み重ねて、間違いのロジックを重ねて、そうして出来上がった結論であっても、それが真実だと人を納得させるだけの力を持つことがある。だから俺も。

「妹がきりっとした表情をしていたのは、なんでも信じてしまう性質を隠すためだった。それなら、兄がのほほんとした表情をしていたのはいったい何を隠すためだったのかな。私の隣《となり》で、いつも優しい顔をしていてくれた君の奥には、いったい何が隠れているというのかな」

水面下に潜《ひそ》む黒々とした真実。

それこそが海の美だと、ヴィルヘルムはそう言っていた。

だけど、美意識なんて人それぞれだ。何を好むかは、本人にしかわからない。

「開けてはいけない箱を開けてしまったような気もするよ。だけど、この分析の先にはきっと私が欲しかった答えがある。ずっとずっと気になっていた質問の答えを、私はようやく見つけることができるんだ」

「答え。なにかな。俺がテルに疑問を投げかけた覚えはないんだけどなぁ」

とぼけるような言い方をしたのに、テルは少しも揺らがなかった。

もう引き返すことはできない。俺よりもテルの方が、そのことをよくわかっていた。

「私にとって一番の謎《なぞ》はね、君自身だよカモトキくん。将棋のできない将棋部員のカモトキくん。分析をしない分析部員のカモトキくん。恋人でもないのに私のそばにいてくれるカモトキくん。君がなぜずっと私のそばにいてくれたのか。いくら探しても、何を分析しても、君が私と一緒にいてくれる理由がいままでどこにも見当たらなかったんだ。だけど、そこに三雫《みしずく》が関わってくればすべてが開けるんだよ」

美しかった水面《みなも》が崩れていく。

汚い波紋が見せかけだけの平穏《へいおん》を乱していく。

「トミノちゃんのサイフ盗難事件で君ははじめて三雫《みしずく》と顔を合わせたはず……私はそう思っていたし、少なくとも君が三雫の名前を知ったのはあのときだったはず。それなのに君は三雫からあのアトリエの場所を教えてもらった。おかしいじゃないか、なぜ私より先に君を連れていくんだ？　センパイのことを真に気にかけているのは私の方なのに。あの場所を誰《だれ》よりも探していたのは私のはずなのに。おかしいよね、君たちは会ったばかりのはずなのに、なぜか秘密の場所を共有するだけの信頼《しんらい》を築いていたってことになる。これはいったいどういうことだ？　だけど、その疑問はすぐに解消できる。チャットルームだろ？」

よどみなくテルの分析は進んでいく。

もう俺にも止めることはできない。

俺はただ、ひたすら押し黙《だま》って話を聞くことしかできない。

「いつだったか、君は電話で私にこう聞いたよね。テルがパソコンをいじっているときに三雫はどうしてるかって。つまり君は、パソコンを使用しているのが私だと勘違いしていたんだ。チャットルームで会話している相手が私だと間違えていたんだろう。チャットならハンドルネームで本名を隠せるからな。間違えた理由はなんだろうな？　おそらくは『ヴィルヘルム』という単語かな？　私と三雫の共通点と言えばそれくらいしかない」

直感も抜群。

素晴らしい分析だよ、テル。

「君はいままでチャットルームの向こうにいるのが私だと勘違いしていた。しかし三雫と出会いそれが間違いだと気づいた。カモトキくん、君が本当に大切に思っていたのは……『チャットで会話している誰か』だったんだね。そう考えれば辻褄《つじつま》が合う。それが私だと勘違いしていたから、一年生のときからずっと私のそばにいてくれた。だけど本当は三雫だと気づいたから今回のように過剰な反応を見せた。ただの知り合いなら普通ここまではしないよね。君にとって三雫は特別だった……そういうことだよね」

そこまで一息に言い終えて、テルは深く息を吐いた。ここで分析はおしまい。情報も隠し事も、すべては表に出しつくされて、あとはその後のことを考えるだけ。

「これが私の分析。どう？　カモトキくん、どこか間違いでもあったかな」

何も言うことができなかった。

ただテルの顔を見つめて、テルに瞳《ひとみ》を覗《のぞ》き込まれて。そして俺はいったいどんな顔をしているんだろう。

行動を起こすことはできないのは二人とも同じだ。俺はテルに対して何もできないし、テルだって俺に対して何もできない。

大戸《おおと》輝明《てるあき》を失って、分析という手段を通さずして世界をのぞくことが怖くなってテルは、結局のところ、何も信用できなくなってしまったに等しいんだ。

変わらないものなんて何もないし、裏がない絵なんてどこにもない。それを知ってしまったから、だからテルはいま俺に問いかけている。

水面《みなも》と水面下で見えてくるものが違ったとしても、変わらず大切に想《おも》うことができるのかってことを。

水面下を知らずに過ごすことはしない、君の水面下はもうわかっている、だけど大事なのは水面下を知った後のことだから——だから、これからのことについて情報が欲しい。テルがそう言おうとしていることはよくわかってる。

それでも、俺はテルに何も言えない。

言うべきことがないわけじゃない。ただ、言いたくないだけなんだ。俺は、ヴィルヘルムのデッドコピーと仲良しになりたいわけじゃない。

「カモトキくん」

テルが俺の名前を呼ぶ。

すがるようなか細い声。

「君は結局、私のことなんてなんとも思っていなかったんだろ？　勘違いで、ずっと私のそばにいてくれたんだろ……？」

それは、お前だって同じだろ？

お前が本当に大切に想っていたのは優しい友人じゃなくて、優しいセンパイだったんだろ？

「答えてくれないの？」

答えてあげない。

俺はただ待つだけ。

テルの分析が終わるのを。

テルの目がうるんでいくのをただ見てるだけ。

だけどテルは、俺の沈黙《ちんもく》を答えとして受け取った。

「……………うん。下層に沈んだ真実の姿なんてこんなもんだよね、カモトキくん。一年間そばにいながら、私は君がどんな人間かすらちっともわかっていなかった。一年間隣《となり》にいながら、私は君が何を思って隣にいてくれるのかちっともわかっていなかったんだ」

隣にいるというそれだけで。

目に見えているというそれだけのことで。

俺たちはすぐに何もかもわかった気になってしまう。

目の前にいる誰《だれ》かのことを知ったつもりになってしまう。

「だけど私はちゃんと見つけたよ。もう見過ごすのは嫌だって、そう言ったよね。この事実を見過ごしたままだったとしたら……君と私はどんな関係でいられたのかな。勘違いの代わりに同情を理由に、君は私のそばにいてくれたのかな。それとも、私の痛みなんてまったく気にせず三雫《みしずく》のところに行ってしまったんだろうか。どっちにせよ……うん、お互いに辛《つら》いままだったろうね」

水面下が黒くたって、水面《みなも》は青く輝《かがや》くことができる。

それがわかっているから、テルは分析をし続ける。いままでも、きっとこれからも。

デタラメな分析を並べ立てて、理解しようと必死にあがいて、見えない不安に姿を与えてなんとか距離《きょり》を探ろうとする。

将棋をやらない将棋部員、分析をしない分析部員。どうして俺がお前のそばにいるのか、どうして俺がお前の奇行に付き合ってやっているのか……そんなことすら見抜けないくせに。

「——なんてね。ここまでぜんぶ、私の想像にすぎないから！」

一転して、テルは急に明るい声を出した。

見過ごすことはしない。だけど、見とがめるかどうかはまた別の話。

「よくできた分析だっただろ？　真実かどうかはまだわからないけどね！」

歯を見せて笑うテルの声がどんどん大きくなる。

不安を掻《か》き消すように。雑音をごまかすように。

聞き慣れたテルの声が、今日は一段と耳に響《ひび》く。

「妄想を垂れ流すだけだったらまたカモトキくんに怒られちゃう。分析をしたら……検証しないといけないよね」

さっきまでの真剣な表情とは打って変わって、テルは誰《だれ》よりもキレイに笑って、まっすぐに

俺の胸に飛び込んできた。

一年以上、慣れ親しんだ過剰なスキンシップ。情報はいつだって俺たちの前に提示されている。この行動の意味なら、俺にもわかるような気がするよ。

頬《ほお》がこすれるくらいに顔を近づけて、テルは耳元に直接声を届けてくる。そうでもしないと伝わらないだろうと思っているだろうから。

「君が本当に大切に想《おも》っているのは誰《だれ》か。本当の君はどんな人間なのか。まだ私には確信が持てない。データが足りない。検証が必要だ。もっと君のことを知りたい。だからカモトキくん」

なんだい、テルちゃん。

「分析続行だ！　さ、お好み焼き食べに行こ！」

よし行こう。

だけど、最後にひとつだけ。

テル、お前、その帽子似合ってねーぞ。

あとがき

子どもに遊園地を楽しんでもらう最良の手段は何だと思いますでしょうか？

遊園地と言えば言わずもがなの夢の国、小さな子どもたちにとっては楽しくてしょうがない場所のひとつに数えられる施設だと思いますが、誰《だれ》もがその場を楽しめるわけではございません。それどころか、オトナの視点に立ってみますと、この子はそれほど楽しめていないんじゃなかろうかと危惧してしまうことも稀《まれ》にございます。

思うに、子どもを夢から醒《さ》ましてしまう最大の理由は、親の態度ではないかと思うのです。ここは楽しい場所でしょう、なんであなたは楽しまないの？　という親の態度こそが、子どもにとっては窮屈《きゅうくつ》なのです。

子どもにもっとも楽しんでもらうには、同行する保護者が楽しむことが必要なのだと思います。ここは楽しんでもよい場所だと教え、楽しんでもよい時間だと伝え、そして一緒に楽しもうとする姿勢こそが子どもを安心して夢の世界へ浸らせてくれるのではないか、と私は分析します。言い換えれば、「ここは私たちを楽しませてくれる場所だから、こちらは何ら心構えなどする必要はない」という受け身の姿勢では何事も楽しめないと思うのでございます。

本作において、テルが分析をしようとするのは物事をより深く理解し「見過ごしてはならないものを見過ごさないため」と説明しましたが、たいそうな理想を掲げずとも分析という手段の出番は日常生活の中に多く隠れています。ぱっと思いついた答えに満足するのではなく、いま一歩深く踏《ふ》み込んでもう少し考えようとする姿勢は、日常をより豊かなものにしてくれるでしょう。

　というわけで、本作を手に取ってくださった皆様にも、ぜひそれを体験していただきたいと考えました。楽しもうとする姿勢、積極的に疑問を見つけ出そうとする姿勢でのぞめば物語は色を変えて鮮《あざ》やかさを増す……そのことを体験していただくため、あとがきの後に数ページの紙面をお借りして、おまけをつけさせていただきました。本編の読了後に楽しんで読んでいただければ幸いです。そして、表に出てこなかった疑問を見つけ出す楽しさ、頭をひねり妥当な答えを探り出す楽しさを感じていただければ何よりです。

　最後に、電撃《でんげき》文庫において出版させていただくはじめての作品となりましたが、出版に関わるすべての皆様への謝辞をここで述べさせていただきたいと思います。特に、「十階堂《じゅっかいどう》さん、適当な理屈をつけてわけのわからん自論を強引に納得させるの得意ですよね？　そういう感じで一本書いてみたらどうすか？　論理とか別にテキトーでいいですし（笑）」と耳を疑うようなアドバイスをくださった編集の清瀬《きよせ》さんには感謝と驚愕《きょうがく》のあまり、言葉もございません。

　そうして多大なご助力のおかげで出来上がった本作が、読者の皆様にとっても忘れられない一作になれるだろうことを祈っています。十階堂一系《いっけい》でございました。

トミノの裏分析のコーナー

menu

- ●本作のメインヒロインは誰？
- ●『屋上、強風、短めのスカート』……これってホント？
- ●自殺の可能性にホントに気づいてた？
- ●石辻賢はなぜ傷をつけられていたのか？
- ●小坂月子は何を焦っていたのか？
- ●井上くんはなぜ寝たフリをしていたのか？
- ●『このクラスでサイフを落としたのは』と美浜先生が発言したのはなぜ？
- ●サイフを盗んだ本当の理由は？
- ●妹と腕組み、分析3の犯人にも見られていたってホント？
- ●彼女の歩く姿を見ていると妙に癒されて何も言えなかった……ってなんで？
- ●『女を連れて裏山に消えるだけでも無節操なのに』？
- ●ジャイアンツレベルって？
- ●『ふかふかでもふもふで、ふわふわでふにふにして』
- ●『――ああ、そういうことだったのか』？
- ●本当に大切に想っているのは？
- ●カモトキくんはなぜスーパーボールを仕掛けたのか？

「さて、本編が終了して、これで頭を使うのも終わりだと思ったかな⁉　一息つくにはまだ早いよ！　本編を読了した人だけが楽しめる裏設定を、ガンガン暴《あば》いてみたいとは思わないかね！　というわけで、ここからは私、トミノの裏分析のコーナーがはじまるよ！　本編としゃべり方が違うって⁉　ここは本編まったく関係なしのコーナーなので好き放題やっていくよ！『いつもは口数が少ない』とか描写された私だけどマシンガントークで行くよ！　紙面もったいないからささっと行くよ！　検討とかしてる余裕もないから答えだけズバっと行くよ！　本編を読み終わった人だけが読んでね！　というわけでれっつごー！」

◆本作のメインヒロインは誰《だれ》？

「当然の疑問だね！　小説ならいいけどリアルだと友達にほしくない赤村崎《あかむらさき》葵子《あおいこ》、『ツインラビット』以外にたいした特徴のない地味女・大戸《おおと》三雫《みしずく》、頭が弱すぎて論ずるに値しないデカ女の東道巡《とうどうめぐる》、なんでも信じちゃう可愛《かわい》い妹の加茂十美乃《かもとみの》とたくさんの女の子が登場しているもんね！　だけどこれは簡単だよ！　本編では『可愛い』という単語が十七回登場しているけど、それが誰に向けられたものかというと、内訳は（テル3・三雫1・めぐる4・妹7・その他2）だよ！　誰が一番可愛くて、誰が最もメインヒロインに相応《ふさわ》しいかは明白だね！　え？　メインヒロインが表紙にいないのはおかしいって？　ばっきゃろー！　作者のデビュー作見て来いよ！　『絵的に映えない』という理由で主人公兼メインヒロインを表紙から外すという快挙を成し遂げてるから！　はい次！」

◆『強風、屋上、短めのスカート』……これってホント？（P66）

「南棟の連中がテルさんのことを見ていたのはパンチラしていたから……『Wilhelm』は自信満々にそう言ってたけど実は大間違いだよ！　本当の答えは『長すぎる黒髪の変な女がいたから』に決まっているね！　妖怪じみた、と形容されるおかしな髪の女がいるのに、それ以上にスカートをにらんでいるというのはさすがに不自然だよ！　たいしたことねーなツインラビット！

ちなみに、推理小説では探偵の最終推理が間違ってちゃまずいけど本作は分析小説だから間違いありきだよ！　情報だけザクザク掘り起こして答えはテキトーってこともありうるから読者も注意してね！

それと、チャットの相手がテルさんのカツラについて言わなかった、気づけなかったのは実際にそのシーンを見ていたわけではないから……それなら、チャットの相手はあの場にいなかった人物なのではないか、と分析することもできるよ！『Wilhelm』とはテルのハンドルネームだとトキオは考えているが実はそうじゃない、というお話のカギは分析1の時点で勘づくことができたりするわけだね！　そんだけのヒントで気づくわけねーだろ、と思った人も安心していいよ！　作者ですらこれに気づいたのは分析3のストーリーを考えた後だよ！　はい次！」

◆自殺の可能性にホントに気づいてた？（P125）

「分析2のラスト、テルさんが意味不明な分析をはじめた理由が明かされているけど、オジサンが自殺しちゃうかもーなんてことを本当にテルさんは考えていたのかな⁉　物語を最後まで読んでみると、テルさんよりも三雫《みしずく》さんの方が一枚上手っぽいし、もしかしたら三雫さんが好意的に解釈しているだけなのかもしれないよ！

さて、テルさんがオジサンと会っていざ分析をはじめようとしたその瞬間《しゅんかん》の描写を思い返してみると……

『「ヴィルヘルムが忠告している。あの男は怪しいぞ。あくまで慎重に対応しなければ、ちょっとまずいことになるかもしれない」警戒心の強い言葉とは裏腹に、テルはかすかに笑みを浮かべながら次の展開を分析しはじめていた。』

　笑ってるよおおおお！　これゼッタイ気づいてないよおおおお！　いや、気づいていて、それでも何かしらの理由があって笑ったのかもしれない……そう信じよう！　三雫さんのように好意的にとらえよう！　テルさんが笑っていたことを合理的に説明できる理由、募集中！　はい次！」

◆石辻賢《いしつじけん》はなぜ傷をつけられていたのか？（P137）

「遺失事件に登場するから石辻賢、とかいう最高のネーミングを与えられた石辻くん！　本編においてテルさんは彼がボクシング部であることを滔々《とうとう》と説明してみせてくれたね！

『運動系の部活で、コンタクトに変える必要があり、高校からはじめてもおかしくない競技で、君のように顎元《あごもと》にバンソーコーを貼る必要がありそうなのは、うちの高校じゃ、ボクシングだ』……。

　よく考えるとこれおかしいよ！　顎元のバンソーコーはいったい何の傷を隠すためのものなんだろうね⁉　ボクシングでついたんだろ、と考えたかな⁉　経験のない一年生に対していきなりスパーリングをさせるボクシング部なんて普通ありえないよ！　でもテルさんはそれがボクシング部でつけられた傷と確信しているし、それが正しいことは石辻《いしつじ》くんの反応でわかるね！　スパーでもないのに顎元《あごもと》を殴られた石辻くん、センパイに対してつい反抗的な態度をとってしまう石辻くん、さて、部ではどんな扱いをされているのやら、うちの高校のボクシング部はいったいどんな場所なのやら……これ以上は言えないね！　はい次！」

◆小坂月子《こさかつきこ》は何を焦っていたのか？（P141）

「こいつの名前、もしかしてカ行とサ行だけで構成されてんじゃね!?　と一瞬《いっしゅん》勘違いしてしまいそうな名前の小坂月子ちゃん！　みんなが論争をはじめたのを見て自主的に教卓の前に立った責任感の強い子だよ！　それなのになぜか事件を早く終わらせたい、自分だけでも抜け出したいという意図を垣間見せていたね！　彼女の責任感の強さとこれらの発言は矛盾してはいないかな!?

彼女の描写をもう一度見直すと、『叫び続けたせいか顔を真っ赤にしている』、『なんだかもじもじと細かい動きをしているのがどうにもハムスターっぽい』とあるよ！　顔を真っ赤にして体をもじもじさせて、早く教室から出ていきたい用事とは……？　彼女はいったい何をガマンしていたのか……これ以上は言えないね！　はい次！」

◆井上《いのうえ》くんはなぜ寝たフリをしていたのか？（P143）
「井上くんカッコいいよ！　ちなみに私がはじめて彼を見たのは中三のとき、学習塾の冬季講習で会ったんだよ！　さて、寝たフリくらい誰《だれ》でもするわ、と思うかもしれないけどそれが井上くんとなると少々疑問が残るよ！　イケメンは女の子に優しいはずだよ！　というのは冗談だとしても、彼は語学部に所属しているのだからディベートに慣れっこだし、私のことを友達と表現してくれていたし、議論となれば積極的に私を助けてくれそうなものだけど……なぜ今回に限っては黙《だま》って見て見ぬフリをしていたのかな⁉

　これは、C組の席の配置を考えてみれば見えてくるよ！　クラスの中央に加茂十美乃《かもとみの》、真後ろに神田《かんだ》なつみ、私の席の右ナナメ前に井上くん、二つ左に石辻賢《けん》、そして教卓に小坂月子。クラスの全員がクラス中央、私の席に顔を向けて議論をしていた……ということは、井上くんが私の席の方を向こうとすると、自然と視界に入る子がひとりいるね！　そしてたぶんその子は井上くんに対して敵意を持っていて、おそらくは震《ふる》え上がるほど怖い目でにらんでいたことだろうね！　井上くんが寝たフリをしていたことを責めないであげてね！　はい次！」
◆『このクラスでサイフを落としたのは』と美浜《みはま》先生が発言したのはなぜ？（P176）
「本当なら『盗まれた』と表現すべきなのに美浜先生はなぜか『落とした』という表現を使っているね！　めぐるさんは言い間違えたんだと主張しているけど、実はこれは大当たりだよ！

言い間違えたんだよ、先生は！　というか、窃盗事件だと思ってないんだね！　先生の性格から考えて、『どうせ落としたんだろ、加茂《かも》は。あいつ、きりっとした顔のくせにとぼけてるんだよなー』とでも思っていることは明らかだね！　さっさとクビにしてほしいね！　私のサイフに井上《いのうえ》くんの写真が入っていたことも知ってしまったしね！　はい次！」

◆サイフを盗んだ本当の理由は？（P191）

「サイフを盗んだ理由は取引に使うため、と三雫《みしずく》さんが説明していたけどこれも実は間違いだよ！　いつも謎《なぞ》解きのおいしいシーンだけ出てくるくせに推理の多くが間違ってるぜ、ツインラビット！

さて、私のカバンの中にはアーモンドバターが入っていたのを憶《おぼ》えているかな⁉　食材を用意してきていたということは、五時間目は調理実習だったということ！　今回の事件では私が偶然お弁当を持ってきたから問題にはならなかったけど、いつも通りであれば私は学食でお金が払えずご飯が食べられなかったはずだよ！　サイフが盗まれてしまえば昼食を食べられなくなるから、五時間目にはきっと私のおなかはぺこぺこだね！　そうなると五時間目にいったいどんなことが起こるかと言うと……

『それなら、私の作った料理も自然においしく食べてもらえるかもしれない』。

……と犯人は考えたわけだね！　歪《ゆが》んでるのかまっすぐなのかわからない子だね！　嫌いじ

ゃないよ！

でもなぜか、サイフをなくしたと知ったらトミノは誰《だれ》かにお金を借りるんじゃないのか、という発想は出てこないんだね！　自分以外の人間が私と強い友情を結ぶことを理解しないから！　あっぷねー思考回路だね！　ちなみに、あの子が私から小銭を借りた理由は『サイフを取り出させてどこにサイフがあるかを割り出すため』だよ！　貸したのは四十円だったよ！　ジュースが飲みたいなら普通に百円借りろよ、面倒くさいな！　はい次！」

◆妹と腕組み、分析3の犯人にも見られていたってホント？（P197）
「テルさんは最後の分析において、『君は妹と腕を組んで校内を練り歩いたそうじゃないか。それが犯人に見られていたんだろう』と発言しているけれど、この発言を裏づける事実が存在するよ！　私があの教室にトキオを連れてきたこと、そして兄妹関係を口止めしなかったことがその証拠だよ！　もし犯人に気づかれていないなら、分析1の行動がうまくいったなら、あの場にトキオを連れてくるはずがないよね！　つまり、偽ラブレター事件はまったくうまくいかなかった、と考えるべきだね！　まったく、なんでも見抜く女となんにも見抜けない女しか登場しない作品だね！　はい次！」

◆彼女の歩く姿を見ていると妙に癒《いや》されて何も言えなかった……ってなんで？（Ｐ206）
「分析4でトキオが三雫《みしずく》さんに連れ回されたときのことだね！　重い荷物を持ったまま長時間歩かされてトキオはちょっと疲れていたけど三雫さんに何も言えなかったよ！　それに、妙に癒《いや》されたってなんでだろうね!?　ヒント一、トキオと同様、三雫さんも重たい荷物をぶらさげていた。ヒント二、二羽の仔《こ》ウサギ。これ以上は言えないね！　はい次！」

◆『女を連れて裏山に消えるだけでも無節操なのに』？（Ｐ228）
「アトリエに行く前の美浜《みはま》先生の発言だね！　でもよく考えたらおかしいよね、先生が見ていたタイミングを考えると、小道に入り込んだところまでしかわからないはずだよ！　言い換えると、壁《かべ》に穴が空いていることを知らなければ裏山に消えたと判断することはできないってことだよ！　つまりこの教師、実ははじめからあの抜け穴の存在を知っていたんだね！　面倒くさかったから黙《だま》ってたんだね！　さっさとクビにしてほしいね！　はい次！」

◆ジャイアンツレベルって？（Ｐ233）
「テルさんは『ベイスターズ、カープ、ドラゴンズ、イーグルス、ファイターズ、ジャイアンツ、ホークス……』とプロ野球の球団名を並べてみせたけど、いったいこれは何の並びなんだろうね!?　ヒントはイニシャルだね！　それ以上はお察しだね！　三雫さんの評価アップがとどまることを知らないね！　ちなみに、ジャイアンツレベルというのはあくまでテルさんの予測によるものなので、過剰に期待しないようにね！　はい次！」

◆『ふかふかでもふもふで、ふわふわでふにふにして』？（P233）

「ふにふに!?　テルさん、それは触らなければわからないと思うんですが!?　三雫さんが寝てる間にいったい何してたんですか!?　これ以上は言えないね！　はい次！」

◆『――ああ、そういうことだったのか』？（P266）

「どういうことだよ！　描写しろよアホ兄貴！　さて、アトリエで三雫さんはいったい何をしていたんだろうね!?　三雫さんのどんな姿を見てしまったがために久保《くぼ》老人はあんな小芝居をうったんだろう!?

実はこれ、三雫さんの名前の中にヒントが隠されているよ！　彼女のフルネームは『大戸《おおと》三雫』。これを『大』＋『戸』＋『三つの雫』と分解してから組み変えるとひとつの漢字が浮かび上がるよ！　三つの雫とはすなわち『サンズイ』のことだと気づけばもう答えは目の前だね！　幸の薄《うす》そうな顔にはきっと女の武器がよく似合ったことだろうね！　ああ見えて実は情緒不安定だった三雫さん！　だけどそこが可愛《かわい》いぜ！　はい次！」

◆本当に大切に想《おも》っているのは？（P280）

「物語ラストにおいて、トキオがだんだん苛立《いらだ》っているような、テルさんに対して攻撃性《こうげきせい》を見せるような思考をしていることに気づいてもらえたかな？　ラストスパートであそこまで評価を下げる主人公はうちのトキオくらいだと思うね！

さて、ところで、トキオが一番大切に想っているのは『チャットの向こうの誰《だれ》か』だとテルさんは分析していたけれど、それならテルさんの方はどうなんだろうね？　テルさんが誰を一番大切に想っているかってことに関しては実はかなりあいまいだよ！　あの場のあの言い回しであれば、テルさんはいまだに大戸輝明《おおとてるあき》のことを忘れられていない……とトキオが考えるのはごく自然だね！　いちばん親しい異性の隠れた本性を暴《あば》くというのは非常に大きな決断なはずなのに、テルさんはヴィルヘルムの言葉に従ってその場でやってのけたわけだからね！　トキオとの関係を継続することよりもヴィルヘルムとの約束を選んだ、そう言っても過言じゃないね！

──『私のことなんてなんとも思っていなかったんだろう？』

実はこの言葉、トキオだけじゃなくてテルさんにだって当てはまることなんだよね。となると、トキオとしてはやっぱりいい気分はしないね！　『その帽子似合ってねーぞ』なんて嫌味のひとつも言いたくなるよね！　そこがわかると、トキオの苛立ちの意味がちょっとだけ見えてくるね！

あれあれ？　しっかり考えてみると、これってとっても大事なことかもしれないよ？　この嫌味にはいったいどんな意味があったんだろう？　あのときトキオが苛立っていたのはなんでだろう？　そして、思うところがあったのに何も言えなかったのはなんでだろうね？　そこを分析していくと………少し面白いことがわかるかもしれないね！　私からは、これ以上は言えないね！

さて、本当にトキオが大切に想っているのは？　本当にテルさんが気づくべきだった感情とは？　物語は終わってしまったのかな？　それとも、やっと物語が動き始めたというべきなのかな？　……難しいことは私の担当じゃないね！　はい次！」

◆カモトキくんはなぜスーパーボールを仕掛けたのか？

「物語ラストの分析において、トキオはテルさんの分析を否定も肯定もしていないよ！　もしかしたらテルさんの考えは大ハズレ、ということもありうるかもしれない！　でもそうなるとやはり『なぜスーパーボールを仕掛けたのか』という点だけは言い訳のできない事実として残ってしまう……。

しかし！　この疑問を完璧《かんぺき》に解消する起死回生の仮説が存在するのであ～る！

スーパーボールを仕掛ける！

ということは足場が不安定になる！

ということはもしかしたら、もしかしたら——

『隣《となり》を歩く美少女がバランスを崩してこちらにもたれかかってくるかもしれないじゃあないか！　そしたらそしたら！　もしかしたらあの二羽の仔《こ》ウサギがまた俺の腕にいいいいいいいいいい!!』

ツインラビットはすべてを超越する！　加茂十希男《かもときお》は『のほほんとした顔の奥に攻撃性《こうげきせい》を隠した危険な少年』なのか、それとも『ただの健全な男子高校生』なのか！　それはまだ断言することができない！　さぁ、分析続行だ！　裏分析のコーナーはこれで終了！　ご清聴《せいちょう》ありがとうございました！」

◆まだ触れられない部分があるんだけど？

「見えない！　私には謎《なぞ》なんて見えないなぁ！　もし読者が謎を見つけてしまったのなら、ぜひ答えまで自分で分析してみてね！　以上！　トミノの裏分析のコーナーでした！」

◉十階堂一系著作リスト

「赤村崎葵子の分析はデタラメ」（電撃文庫）
「不完全ナックル」（メディアワークス文庫）
「不完全ナックル2」（同）

本書に対するご意見、ご感想をお寄せください。

電撃文庫公式ホームページ 読者アンケートフォーム
http://dengekibunko.dengeki.com/
※メニューの「読者アンケート」よりお進みください。

ファンレターあて先
〒102-8584　東京都千代田区富士見1-8-19
アスキー・メディアワークス電撃文庫編集部
「十階堂一系」係
「霜月えいと」係

本書は書き下ろしです。

電撃文庫

赤村崎葵子《あかむらさきあおいこ》の分析《ぶんせき》はデタラメ

十階堂一系《じゅっかいどういっけい》

発　行　二〇一三年五月十日　初版発行

発行者　塚田正晃
発行所　株式会社アスキー・メディアワークス
〒一〇二-八五八四　東京都千代田区富士見一-八-十九
電話〇三-五二一六-八三九九（編集）
http://asciimw.jp/

発売元　株式会社角川グループホールディングス
〒一〇二-八一七七　東京都千代田区富士見二-十三-三
電話〇三-三二三八-八五二一（営業）

装丁者　荻窪裕司（META＋MANIERA）
印刷　株式会社暁印刷
製本　株式会社ビルディング・ブックセンター

ISBN978-4-04-891622-6 C0193

電撃文庫創刊に際して

文庫は、我が国にとどまらず、世界の書籍の流れのなかで〝小さな巨人〟としての地位を築いてきた。古今東西の名著を、廉価で手に入りやすい形で提供してきたからこそ、人は文庫を自分の師として、また青春の想い出として、語りついできたのである。

その源を、文化的にはドイツのレクラム文庫に求めるにせよ、規模の上でイギリスのペンギンブックスに求めるにせよ、いま文庫は知識人の層の多様化に従って、ますますその意義を大きくしていると言ってよい。

文庫出版の意味するものは、激動の現代のみならず将来にわたって、大きくなることはあっても、小さくなることはないだろう。

「電撃文庫」は、そのように多様化した対象に応え、歴史に耐えうる作品を収録するのはもちろん、新しい世紀を迎えるにあたって、既成の枠をこえる新鮮で強烈なアイ・オープナーたりたい。

その特異さ故に、この存在は、かつて文庫がはじめて出版世界に登場したときと、同じ戸惑いを読書人に与えるかもしれない。

しかし、〈Changing Times,Changing Publishing〉時代は変わって、出版も変わる。時を重ねるなかで、精神の糧として、心の一隅を占めるものとして、次なる文化の担い手の若者たちに確かな評価を得られると信じて、ここに「電撃文庫」を出版する。

1993年6月10日
角川歴彦

電撃文庫

赤村崎葵子の分析はデタラメ

十階堂一系
イラスト／霜月えいと

ISBN978-4-04-891622-6

そう、彼女にかかれば結論はいつも藪の中。無駄にこんがらがった分析の先にかの美少女がでっちあげる脱力の結論を、キミは把握できるか!? 新感覚日常分析系コメディ登場!!

し-16-1 2543

俺のペット生活がハーレムに見えるだと?

おかゆまさき
イラスト／上下

ISBN978-4-04-891602-8

突然の火事を契機に、女子寮《アクア寮》で『ペット』として飼われることになった真次郎。寮生たちは一癖も二癖もある、超個性的な美少女達ばかりで……!?

お-7-20 2532

強くないままニューゲーム Stage1 -怪獣物語-

入間人間
イラスト／植田 亮

ISBN978-4-04-891606-6

昼休み前の校舎を巨大怪獣が襲った。俺は死んだ。直後、謎のコンティニュー表示が出た。昼休み前に生き返った。俺と敷島さんだけが、この世界が『ゲーム』だと気づいた。

い-9-28 2531

おんたま!

翡翠ヒスイ
イラスト／ちり

ISBN978-4-04-891605-9

最強の邪気祓いと言われた男の跡を継いだ少年、御霊。世界を崩壊させる力をもつ武器〈刀鍵・万象錠〉を手に、妖怪と人間の闘争へと踏み込んでいく——!

か-21-1 2539

愛するムスメからの教育的指導

相生生音
イラスト／hika

ISBN978-4-04-891603-5

「お父様の夜の生活を更生させていただきます」俺の家に不法侵入した美少女が突然そんなことを言い出して——。同い年の〝娘〟に振り回される同棲コメディ!!

あ-26-3 2533

電撃文庫

無限のドリフター　世界は天使のもの

樹常楓
イラスト／崎由けぇき

ISBN978-4-04-891601-1

遠い未来。すべてが壊れた灰色の地上。常に死と隣り合わせの世界で、マサキは旅を続けていた。彼に命を与えてくれた少女——美しく無邪気な天使を探して。

き-6-1　2540

アリス・リローデッド　ハロー、ミスター・マグナム

茜屋まつり
イラスト／蒲焼鰻

ISBN978-4-04-891332-4

わたしの名前はミスター・マグナム。見ての通り、拳銃だ——。第19回電撃小説大賞《大賞》受賞作の、未来を切り開くマジック・ガンアクションが登場！

あ-37-1　2483

アリス・リローデッド2　ヘヴィ・ウェイト

茜屋まつり
イラスト／蒲焼鰻

ISBN978-4-04-891598-4

破滅の未来を回避することに成功したミスター・マグナム。だが、もう一人の《予言する者》により、新たな危機が到来する。ロッキーの《死の元凶》とは——？

あ-37-2　2542

ノロワレ　人形呪詛

甲田学人
イラスト／三日月かける

ISBN978-4-04-891206-8

双子の弟・現人は兄の夢人が嫌いだった。十五歳で作家になり、『呪い』と噂される七屋敷の娘と婚約して帰郷した兄・夢人。そして、彼らを蝕む呪いの物語が始まる。

こ-6-32　2455

ノロワレ弐　外法箱

甲田学人
イラスト／三日月かける

ISBN978-4-04-891532-8

同級生・日高護の祖母の葬式に出席した真木現人は、そこで騒ぎに巻き込まれる。それは日高が過去に祖母から聞いた「神様の入った箱」を差し出せというもので——。

こ-6-33　2541

電撃文庫

魔遁のアプリと青炎剣《アウローラ》
天鴉 蒼
イラスト／ねりま
ISBN978-4-04-891205-1

対立する巨大メーカーによって二分された街の最前線、二校競合校〝高天原学園〟。魔遁端末《スマートギア》を駆使して成績《スコア》を競う生徒たちは過激なアプリを起動する！

あ-35-1　2465

魔遁のアプリと青炎剣《アウローラ》Ⅱ
天鴉 蒼
イラスト／ねりま
ISBN978-4-04-891597-7

ユマの父が遺した極秘研究データ『エリアス・ライラの遺産』を巡り、不穏な動きを見せる人権団体ホワイトドーン。そんな中、学園島へと通じる橋が次々と爆破され――。

あ-35-2　2535

やがて魔剱のアリスベル
赤松中学
イラスト／閏月戈
ISBN978-4-04-886898-3

異能力を持つ生徒を集めた〝居鳳高《いのう》〟に入らされた静刃。魔女・アリスベルとの出会いから、魔法少女、メカ少女、妖怪女たちとの恋と闘争の日々が始まる――。

あ-33-1　2406

やがて魔剱のアリスベルⅡ 蒼穹の戦線《ストラトライン》
赤松中学
イラスト／閏月戈
ISBN978-4-04-891323-2

アルパカのヌイグルミとなった貘を守るアリスベルたちの前に、新たな白魔女・黒魔女が襲来する。大欠片を奪取するため開発された、静刃のPADとは――？

あ-33-2　2473

やがて魔剱のアリスベルⅢ 熾る不死鳥《ダスク・カリエンテ》
赤松中学
イラスト／閏月戈
ISBN978-4-04-891655-4

甦った『鳳《おおとり》』を巡り、鳳凰戦役《フェニケ・ロワイヨ》の最終戦が勃発！ 死闘の果てに明かされる静刃と祈の過去。新たな敵の緋色の影が迫る中、静刃とアリスベルの恋心の行方は!?

あ-33-3　2538

電撃文庫

僕と彼女のゲーム戦争
師走トオル
イラスト／八宝備仁
ISBN978-4-04-870554-7

地味ながらも平穏な日常を送っていた僕は、いきなり弱肉強食の凄まじいゲーム戦争に巻き込まれてしまう。呆然とする僕の横には、憧れの女子生徒が——。

し-15-1　2149

僕と彼女のゲーム戦争2
師走トオル
イラスト／八宝備仁
ISBN978-4-04-886080-2

ゲーム大会で惨敗した岸嶺はなんとか立ち直り、目の前の課題にとりかかる。そう！　ゲーム大会にチームで参加するには、４人目のメンバーを探さないと！

し-15-2　2249

僕と彼女のゲーム戦争3
師走トオル
イラスト／八宝備仁
ISBN978-4-04-886478-7

金髪ロリ巨乳・杉鹿が加入し、ゲーム大会で初めてのチーム戦に挑むことになる、岸嶺たち現代遊戯部。その試合会場で、岸嶺は意外な少女と出会う……!?

し-15-3　2334

僕と彼女のゲーム戦争4
師走トオル
イラスト／八宝備仁
ISBN978-4-04-886889-1

ライバルの駿河坂学園から挑戦状が届き、現代遊戯部の面々は沸き立つ！　決戦へ向け、岸嶺は猛特訓を始めるのだが……。さて、今回登場する実名ゲームは——!?

し-15-4　2410

僕と彼女のゲーム戦争5
師走トオル
イラスト／八宝備仁
ISBN978-4-04-891422-2

一泊二日の学校対抗戦へ参加することになる現代遊戯部。参加する7校は、すべて女子校。ということは……女子だらけの合宿所に、岸嶺が迷い込む……!?

し-15-5　2508

電撃文庫

GENESISシリーズ 境界線上のホライゾンⅠ〈上〉

川上 稔
イラスト／さとやす(TENKY)
ISBN978-4-04-867218-4

遠い未来。再び歴史を繰り返しつつある中世の世界を舞台に、学園国家の抗争が始まる！ 『終わりのクロニクル』の川上稔が贈るGENESISシリーズ、遂にスタート！

か-5-30 1652

GENESISシリーズ 境界線上のホライゾンⅠ〈下〉

川上 稔
イラスト／さとやす(TENKY)
ISBN978-4-04-867270-2

世界の運命を巡り、各国の〝教導院〟が動き出した。様々な人々の思惑と決意の行方は⁉ 果たしてトーリはコクれるのか⁉ 「境界線上のホライゾン」第一話、完結！

か-5-31 1666

GENESISシリーズ 境界線上のホライゾンⅡ〈上〉

川上 稔
イラスト／さとやす(TENKY)
ISBN978-4-04-867848-3

中世の日本と各国が同居する学園ファンタジー世界〝極東〟。末世を救う少女ホライゾンを奪還した航空都市艦・武蔵は大罪武装を求めて英国に向かうが……。

か-5-32 1780

GENESISシリーズ 境界線上のホライゾンⅡ〈下〉

川上 稔
イラスト／さとやす(TENKY)
ISBN978-4-04-867901-5

ホライゾンと共に英国へと向かったトーリ達を待っていたものと、点蔵の運命は……⁉ 中世の日本と世界各国が同居する学園ファンタジー、第二話完結！

か-5-33 1791

GENESISシリーズ 境界線上のホライゾンⅢ〈上〉

川上 稔
イラスト／さとやす(TENKY)
ISBN978-4-04-868600-6

英国でアルマダ海戦を終え、仏蘭西領、浮上島のIZUMOで航空都市艦・武蔵の修復を行っていたトーリ達は、世界征服の方針を左右する出来事に遭う……‼

か-5-34 1960

電撃文庫

GENESISシリーズ
境界線上のホライゾンⅢ〈中〉
川上 稔
イラスト／さとやす(TENKY)
ISBN978-4-04-868647-1

仏蘭西領のIZUMOにて動き出す各国と個人の複雑な関係。その中で武蔵が取る選択とは？ そして彼らが向かう先に、それぞれ待っているものとは？

か-5-35 1972

GENESISシリーズ
境界線上のホライゾンⅢ〈下〉
川上 稔
イラスト／さとやす(TENKY)
ISBN978-4-04-868735-5

IZUMOでの六護式仏蘭西との戦闘。その先にあるものは？ そして誰が何処へ向かうことになるのか!? それぞれが己の覚悟を胸に抱き、第3話、完結！

か-5-36 2001

GENESISシリーズ
境界線上のホライゾンⅣ〈上〉
川上 稔
イラスト／さとやす(TENKY)
ISBN978-4-04-870805-0

三方ケ原の戦いで敗北した武蔵は、関東IZUMOの浮きドック“有明”で大改修を受けていた。だが奥州列強との協働を模索する武蔵に、各勢力が動き始め……。

か-5-37 2189

GENESISシリーズ
境界線上のホライゾンⅣ〈中〉
川上 稔
イラスト／さとやす(TENKY)
ISBN978-4-04-870806-7

奥州列強との協働を模索する武蔵。伊達、最上、上越露西亜、そしてその他の勢力は、果たして武蔵に対してどう動いていくのか!? トーリ達の進むべき道は!?

か-5-38 2211

GENESISシリーズ
境界線上のホライゾンⅣ〈下〉
川上 稔
イラスト／さとやす(TENKY)
ISBN978-4-04-870807-4

羽柴の出現により、トーリやホライゾンを始めとした外交官を送る奥州列強三国への外交作戦はどうなるのか!? そして、武蔵が内部に抱えた問題の行方は!?

か-5-39 2243

電撃文庫

GENESISシリーズ 境界線上のホライゾンV〈上〉
川上 稔
イラスト／さとやす(TENKY)
ISBN978-4-04-886854-9

奥州三国の支持を得て、柴田勢を退けた武蔵。だが、専用ドック・有明で賑やかな夏の朝を迎えていた武蔵のもとに、羽柴勢が毛利領内に侵攻との一報が届く！

か-5-40 2382

GENESISシリーズ 境界線上のホライゾンV〈下〉
川上 稔
イラスト／さとやす(TENKY)
ISBN978-4-04-886855-6

毛利領に侵攻した羽柴勢と、それを迎え撃つ六護式仏蘭西。この状況に呼応して関東では、北条、滝川、真田勢が動き出した。二箇所で起きた歴史再現の行方は⁉

か-5-41 2425

GENESISシリーズ 境界線上のホライゾンVI〈上〉
川上 稔
イラスト／さとやす(TENKY)
ISBN978-4-04-891623-3

同時に歴史再現されることとなった、毛利の備中高松城戦と、北条の小田原征伐。その準備の中で、各陣営の集合と再配置、勝利とその先を見据えた策謀が動き出す！

か-5-44 2536

一つの大陸の物語〈上〉 ～アリソンとヴィルとリリアとトレイズとメグとセロンとその他～
時雨沢恵一
イラスト／黒星紅白
ISBN978-4-04-891438-3

トラヴァス少佐は、軍用機に乗り旅立つ。しかし機体はその後、爆発とともに墜落してしまい——。「アリソン」から続く〝彼らの物語〟完結編の〈上〉巻。

し-8-39 2503

一つの大陸の物語〈下〉 ～アリソンとヴィルとリリアとトレイズとメグとセロンとその他～
時雨沢恵一
イラスト／黒星紅白
ISBN978-4-04-891600-4

消息を絶ったトラヴァス少佐に麻薬犯罪の嫌疑がかけられる中、残されたアリソンは「わたし、再婚するんだ！」と言いだして……。〝彼らの物語〟ここに完結！

し-8-40 2534

慧心女バスの魅力を全て詰めこんだ一冊が、ついに登場！
原作、アニメ、ゲーム、コミックの見所はもちろん、
様々な視点から小学生たちを丸裸に——!?
「ぐらびあRO-KYU-BU!」や「びじゅあるロウきゅーぶ!特別編」、
スタッフインタビューなど、充実の内容でお届け!!
さらに、描き下ろしビジュアルノベル&コミックも掲載!
ファン必見の特集が満載の全て本、大好評発売中!!
RO-KYU-BU!
ロウきゅーぶ!のすべて!!
電撃文庫編集部 編
B5版／192ページ
電撃の単行本